Le monde de Lucrèce

Le monde de Lucrèce 5

Anne Goscinny et Catel

Mise en couleur
de Marie-Anne Didierjean

Gallimard Jeunesse

À Albert Uderzo

Gaufrette

On finissait de dîner quand maman, l'air de rien, nous a dit :

– Au fait les enfants, demain, on a un invité qui va rester quelques jours à la maison.

– Ah bon ? a dit Georges en épluchant sa clémentine. Tu ne m'avais pas prévenu. Et de qui s'agit-il ?

– Tu verras mon chéri, a répondu maman d'un air mystérieux.

– Enfin, a protesté Georges, j'ai quand même le droit de savoir qui va dormir chez nous !

C'est à ce moment-là que Victor et moi, on en a profité pour s'éclipser. Quand Georges et maman discutent comme ça, ils ne se rendent pas compte qu'on ne les aide pas trop à débarrasser la table.

Avec Madonna, on est restées un peu dans la chambre de Victor. Je crois que Casserole et ma tortue s'entendent plutôt bien. On essaye de les faire jouer ensemble, mais il faut reconnaître que le lapin est moins rapide que Madonna.

– Tu penses que c'est la tante Olga qui vient dormir à la maison ? m'a demandé Victor.

– Peut-être, j'ai dit. Moi, je l'aime bien, tante Olga. C'est avec Scarlett que c'est plus difficile.

– C'est bizarre qu'elles se disputent tout le temps, a remarqué mon frère. Scarlett et Olga sont sœurs, pourtant.

– Nous, on est bien frère et sœur et il arrive qu'on se chamaille, j'ai rétorqué.

– Oui, s'est exclamé Victor, mais c'est toujours de ta faute, Lulu.

– De ma faute ? Non mais t'es gonflé, microbe ! Décidément, toi et ton lapin vous êtes des erreurs de la nature.

Je suis partie dans ma chambre. Il y a des jours où j'envie les enfants uniques. Ça doit être le rêve de ne rien partager et de ne jamais être contrariée.

Et encore, comme me le rappelle souvent Aline, j'ai la chance d'avoir une chambre pour moi toute seule.

J'ai donné un peu de trèfle à Madonna et j'ai regardé la fin d'une série sur ma tablette.

Et puis maman est venue m'embrasser. J'aime bien ce moment-là.

– C'est la tante Olga qui vient dormir à la maison ? j'ai demandé à maman.

– Olga ? Ah non, malheureuse. Je la laisse à Scarlett !

– Alors, c'est qui ?

– Mystère, tu verras bien !

Le lendemain, je suis partie au collège avec

Pauline, qui habite à côté de chez moi. C'est chouette de faire le trajet avec elle. On se parle de tout.

– Ce soir, on a un invité surprise à la maison, j'ai annoncé.

– Ah bon, a fait Pauline. Et tu es contente ?

– Je ne sais pas qui c'est ! Ni combien de temps il va rester. Alors, je ne sais pas si je suis contente !

– Méfie-toi, elle m'a conseillé. Augustin m'a raconté qu'un jour ses parents lui ont dit qu'il allait avoir une surprise, c'était pour lui annoncer l'arrivée des jumeaux.

– T'es loufoque, toi, j'ai rigolé. Je ne crois pas que ma mère attende un bébé !

C'est vrai que ça avait dû être une sacrée surprise pour Augustin, deux petits frères d'un coup. Rien que d'imaginer Victor en double, j'ai envie de courir très loin.

Ensuite, je n'ai plus vraiment pensé à cette histoire d'invité. Moi, je suis sérieuse : quand je suis au collège, je préfère me concentrer sur ce qu'on y fait. Et là, entre l'organisation de l'anniversaire de Rose, et Ruben qu'il faut que j'arrive à croiser de temps en temps pour qu'il ne m'oublie pas, j'ai beaucoup de choses à faire.

– Bon courage, Lulu, pour ton invité ! m'a soufflé Pauline en rentrant du collège ce soir-là.

– Ah c'est vrai ! Je l'avais oublié celui-là.

Quand je suis rentrée à la maison, tout était calme. Maman n'était pas encore là, Victor massacrait des zombies sur sa console et Georges rentre toujours plus tard.

Je suis allée dans le bureau de maman qui sert aussi de chambre d'amis, pour voir si l'invité surprise avait déjà posé ses affaires.

Maman n'avait rien préparé pour le recevoir. Le canapé qui peut aussi servir de lit était encombré de dossiers, comme la table basse, et on ne voyait quasiment plus la couleur du tapis parce que maman, quand elle prépare une plaidoirie, étale ses feuilles par terre. Elle a une drôle de technique d'ailleurs.

– Tu vois, Lulu, elle m'a expliqué un jour, je construis un chemin de preuves tout autour de mon bureau. Chaque feuille représente un argument pour que le tribunal acquitte mon client. Et quand j'arrive au bout de mon parcours, je considère que j'ai tout donné pour le défendre.

Honnêtement, je n'ai pas tout compris. Elle est loufoque, maman, quand elle parle de son métier.

Il faudra faire de la place à l'invité surprise, sinon il devra enjamber les arguments pour atteindre son lit, je me suis dit, avant d'aller goûter dans ma chambre.

Quand maman est rentrée, je me suis précipitée en bas.

– Alors, il est où ton invité surp…

Je n'ai pas eu le temps de terminer ma phrase, un gros chien s'engouffrait dans le salon.

– Le voilà ! s'est exclamée maman. Lulu, je te présente Gaufrette.

– C'est un chien ?

– Alors là, Lulu, tu es perspicace, a gloussé Victor en déboulant à son tour dans la pièce.

– Mais, maman, tu nous as dit que toi vivante, on n'aurait jamais de chien, j'ai ajouté sans faire attention à Victor.

– Mais on n'a pas de chien, a rectifié maman. On rend un service à mon associé. On garde sa Gaufrette jusqu'à la fin du week-end parce qu'il emmène sa femme à Venise.

– Je préfère garder Gaufrette plutôt que la tante Olga, j'ai dit en caressant le gros chien.

Victor a couru chercher Casserole pour faire les présentations.

– Mon poussin, je ne suis pas sûre que ce soit une bonne idée, a fait remarquer maman.

Gaufrette, elle, avait l'air de penser le contraire. Elle regardait Casserole avec appétit. J'ai immédiatement pris une photo du chien pour l'envoyer aux Lines, qui n'ont pas tardé à répondre avec des cœurs et des points d'interrogation. J'aime bien quand on s'envoie des messages. Finalement, les mots on s'en passe pour communiquer.

– Elle va dormir dans ma chambre, j'ai annoncé.

– Certainement pas, s'est récrié Victor. Gaufrette dormira avec moi !

– C'est Casserole qui va être content ! j'ai rigolé.

Maman s'est assise dans le salon, l'air épuisée tout à coup.

– Je me demande si je n'ai pas fait une bêtise en proposant de garder ce chien.

Avec Victor, on a emmené Gaufrette dans

le jardin, puis on lui a mis de l'eau dans un saladier, et les croquettes que maman a sorties d'un sac de voyage dans un autre.

Gaufrette s'est promenée partout dans la maison. Elle a passé en revue les meubles, le tapis, et même l'escalier. J'étais très heureuse. Avoir un chien est mon plus grand rêve. À la place, j'ai eu Madonna, parce qu'une tortue, ça ne fait pas de dégâts et ça ne perd pas ses poils, m'avait expliqué maman.

Puis j'ai emmené Gaufrette dans ma chambre. Elle a reniflé mon lit, mes coussins, mes livres et le terrarium de Madonna qui était en train de nager dans sa piscine et qui n'a

même pas remarqué qu'une grosse truffe était collée à la vitre. Et puis elle s'est couchée au pied de mon lit et a commencé à ronfler assez vite.

J'ai entendu Georges ouvrir la porte en bas.

– Je suis là ! Chérie ? Lulu ? Victor ?

Impossible de retenir Gaufrette qui a aussitôt dévalé les marches pour accueillir Georges.

Maman, Victor et moi, on s'est penchés dans l'escalier pour regarder sa réaction.

Il n'a pas eu l'air surpris et, alors qu'il ne savait pas qu'on l'observait, il s'est mis à parler à Gaufrette.

– Bonjour, toi ! Comment tu t'appelles ? Et qu'est-ce que tu fais ici ? Tu t'es perdu ? Tu es drôlement beau !

J'étais très étonnée que Georges soit aussi content de voir Gaufrette à la maison.

Quand on est descendus tous les trois, il a pris une voix sévère qui ne lui va pas du tout.

– J'exige des explications. Que fait ce chien ici ?

– C'est pas exactement un chien, a souligné Victor.

– Il a raison, j'ai dit, c'est Gaufrette ! Une chienne.

Georges s'est tourné vers maman.

– Tu peux m'expliquer, s'il te plaît ?

– Mais bien sûr, mon chéri, a fait maman sans se démonter. On garde Gaufrette ce week-end, son maître est à Venise pour un petit voyage en amoureux avec sa femme.

– Et pourquoi tu ne m'en as pas parlé avant ? a demandé Georges.

– Mais parce qu'il est évident que tu aurais dit non ! a tranquillement répondu maman.

– Évidemment, j'aurais dit non ! Je déteste l'idée d'avoir un chien ici, chez moi.

Georges s'est laissé tomber dans le grand fauteuil du salon. Aussitôt Gaufrette est venue

poser son museau sur sa jambe, comme si elle l'avait toujours connu, et Georges l'a caressée sans même s'en rendre compte.

Maman regardait la scène et je savais ce qu'elle pensait : «Affaire classée, dossier suivant.»

Gaufrette avait adopté Georges. Alors Victor et moi on a mis la table en parlant de notre invitée surprise et on a même oublié de se disputer.

Alors que Georges regardait le journal télévisé dans le salon, Gaufrette était allé tirer sur l'écharpe de mon beau-père, suspendue au portemanteau.

Et scrupuleusement, elle en mordillait les franges.

– Mais… Le chien ! a hurlé Georges en se précipitant sur Gaufrette pour lui arracher l'écharpe.

Comme tous les soirs, sauf le mercredi à cause du bridge, Scarlett a sonné trois fois pour finalement ouvrir la porte avec sa clef.

– Qu'est-ce que c'est que cet animal? elle a fait en découvrant Gaufrette qui l'accueillait en remuant la queue.

– C’est un chien, Scarlett, a dit Georges, la main sur le front, en regardant les franges de sa belle écharpe en cachemire éparpillées par terre.

– Je vois bien que c’est un chien. Il s’est perdu ?

Gaufrette, elle, regardait Igor, le renard de Scarlett, d’un air bizarre et s’était mise à grogner avant d’essayer de l’attraper.

– Mais c’est un chien dangereux en plus ! s’est exclamée ma grand-mère. J’appelle immédiatement la fourrière.

– Tu n’appelles personne, est intervenue maman. Je te présente Gaufrette, elle est notre invitée jusqu’à dimanche soir.

Scarlett a prudemment gardé Igor enroulé autour de son cou.

– Très bien. Alors, il me faudrait un petit remontant pour m'aider à me remettre du choc, a suggéré Scarlett.

Georges s'est levé et a servi à ma grand-mère un verre de porto qui lui a rendu le sourire.

Gaufrette s'était recouchée, et j'ai eu l'impression qu'elle avait toujours fait partie de la famille.

– Maman ?

– Oui, Lulu.

– On pourrait la garder toute la vie ? j'ai demandé.

Maman m'a regardée, l'air presque un peu triste.

– Je dois dire qu'elle est mignonne, mais elle a déjà une famille.

C'est à ce moment-là qu'on a sonné à la porte.

– C'est la soirée des surprises, a fait Georges. On attend quelqu'un ?

– Bien sûr, s'est écriée Scarlett. J'ai proposé à Olga de venir dîner avec nous. Elle est toute seule en ce moment.

Je suis allée ouvrir, Olga est entrée, accueillie par Gaufrette qui aboyait joyeusement.

– Qu'est-ce que c'est que cet animal ?

– C'est Gaufrette.

– Quel prénom ridicule pour un si gros chien ! s'est exclamée Olga.

Je l'aime bien, ma grand-tante, mais elle critique toujours tout.

Georges a embrassé Olga, et Scarlett lui a fait signe de s'asseoir avec elle au salon.

Maman s'est empressée d'ajouter un couvert dans la salle à manger.

On est passés à table sous le regard de Gaufrette qui avait l'air de se sentir parfaitement chez elle.

– Je l'aurais parié, a lancé Olga.

– Qu'est-ce que tu veux dire ? a demandé Scarlett.

– Les lasagnes, a répondu Olga. J'étais sûre et certaine qu'il y en aurait ce soir. J'ai l'impression que, dans cette maison, on ne sait faire que ça.

Maman a levé les yeux au ciel, Scarlett a

étouffé un soupir, et moi, je me suis resservie.

Gaufrette, dans le jardin, faisait beaucoup de bruit en mâchant ses croquettes. Olga a regardé par la fenêtre et a poussé un hurlement.

– Le chien ! s'est étranglée Olga. Le chien mange dans mon cadeau de mariage !

– Ton cadeau de mariage ? Oh ! pardon ! Je suis désolée Olga, a bredouillé maman. Je n'ai pas fait attention.

Scarlett a rigolé, Olga s'est vexée. Et elles se sont disputées pendant que maman lavait le saladier de la tante Olga et le remplaçait par une boîte en plastique.

– Pauvre Gaufrette ! s'est exclamé Victor. Elle préférait la porcelaine, c'est certain.

Heureusement, Olga, trop occupée à se chamailler avec sa sœur, ne l'a pas entendu.

Le week-end s'est très bien passé, finalement. J'ai adoré avoir un chien à la maison, même si Gaufrette n'a pas quitté Georges. Victor, lui, a prudemment laissé Casserole dans sa chambre.

Il a bien tenté de rebaptiser Gaufrette, trouvant comme Olga que ce n'était pas un prénom sérieux pour un chien de cette taille :

– Rex ? Brutus ? Olaf ?

Mais Gaufrette refusait de répondre, préférant regarder Georges avec amour.

Le dimanche soir, on était tous dans le salon quand on a sonné à la porte.

Maman est allée ouvrir.

– Bonsoir ! a fait une voix que je ne connaissais pas mais que Gaufrette a immédiatement identifiée.

– Entre, a dit maman.

– Je ne veux pas vous déranger, a dit le monsieur qui a failli tomber tellement Gaufrette lui a fait la fête. C'est si gentil à vous tous d'avoir gardé ma chienne.

Victor et moi, on était contents que Gaufrette soit heureuse de revoir son maître. Si je devais confier Madonna à quelqu'un, le temps des vacances par exemple, je suis sûre qu'elle serait aussi très heureuse de me retrouver.

– Ça a été un vrai plaisir d'avoir Gaufrette avec nous, a dit maman. Tu nous la laisses quand tu veux.

– Oui, a renchéri Georges. On peut même vous la garder encore quelques jours, le temps que vous vous remettiez du décalage horaire.

– C'est très gentil, a répondu le monsieur, mais vous savez, le décalage horaire avec Venise n'est pas trop violent !

– Vous avez raison. Il faut quand même vous réhabituer à une ville où l'on circule en voiture et non en bateau…

– Georges, mon chéri, l'a interrompu maman, je crois qu'on va laisser Gaufrette rentrer chez elle.

Et Gaufrette, sans même un regard pour Georges, a suivi le monsieur.

– Tu sais, a dit Georges à maman, je me demande si on ne devrait pas prendre un chien, nous aussi. Ça équilibre une famille, et les enfants seraient si heureux.

Il est loufoque, mon beau-père. Entre les zombies de Victor, Casserole le lapin, Madonna ma tortue et Scarlett qui à son âge se dispute toujours avec sa sœur, on est parfaitement équilibrés, je trouve !

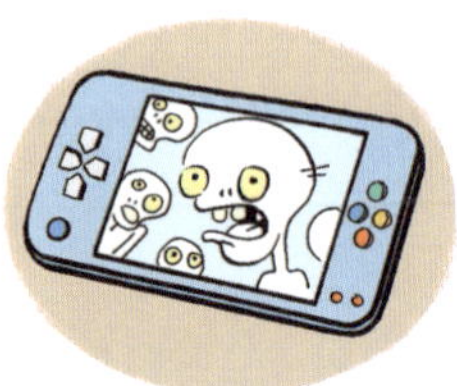

La fugue

Ce soir, Georges et maman vont au théâtre et Scarlett vient nous garder. Enfin, il serait plus juste de dire que Victor et moi, on va s'occuper de Scarlett. C'est toujours la même histoire. Elle arrive pile avant le dîner, elle se sert un verre de porto, passe ses coups de fil, allume la télé, fait le tour des chaînes et finalement nous appelle en criant dans l'escalier :

– Lulu ! Victor ! J'ai faim !

On descend, on met la table, Victor jette un œil dans le congélateur, et moi, dans le frigo. Pendant ce temps-là, ma grand-mère nous explique tout ce qu'elle sait faire avec les restes.

– Eh bien vas-y Scarlett, rétorque systématiquement Victor. Montre-nous tes talents.

– Une prochaine fois, mon chéri, aujourd'hui tu vois, je me suis fait faire les ongles, je ne vais pas éplucher des carottes !

Et alors on décongèle des lasagnes !

Ce soir donc, Scarlett devait être là d'une minute à l'autre et Georges s'impatientait.

– Chérie ! Tu viens ? Les comédiens ne vont pas nous attendre pour entrer en scène !

– Je descends !

On était dans l'entrée, Georges avait déjà son manteau, et Victor était assis sur la première marche de l'escalier, caressant les oreilles très douces de Casserole, son lapin.

– Elle arrive quand Scarlett ? il a demandé.

– Mais c'est vrai ça, a répondu maman. Elle devrait déjà être là.

– Ta mère n'a pas avalé une horloge, ce n'est pas un scoop ! a grogné Georges.

– Avalé une horloge ? s'est étonné Victor.

– C'est une expression, mon poussin, a rétorqué maman en sortant son téléphone de son sac de soirée minuscule.

Je me suis assise dans le salon en me disant que, moi, finalement le théâtre, je l'avais à domicile.

– Maman, c'est moi, a dit maman. Je suppose que tu ne vas pas tarder. Tu n'as pas oublié qu'on allait au théâtre ce soir avec Georges et que les enfants comptent sur toi ? Rappelle-moi.

J'ai eu un peu de peine pour Georges qui croisait et décroisait son écharpe sous son pardessus.

– Allez-y, je leur ai dit, je suis grande et Victor va être raisonnable. Une fois qu'il aura fini de massacrer ses zombies, on dînera et on ira se coucher pas trop tard.

– Oui, a renchéri Victor. Et puis, les acteurs

ont peut-être des trucs prévus après la pièce, ils ne pourront sûrement pas attendre que Scarlett arrive !

Georges et maman se sont regardés, Georges avait les clefs de la voiture en main.

–Vous êtes des anges, mes poussins ! a dit maman. On vous fait confiance. Elle ne va pas tarder. En rentrant, je dirai à Scarlett ma façon de penser.

Et ils sont partis. Victor s'est précipité sur sa console, moi, j'ai envoyé un message à Coline pour savoir si elle avait des nouvelles d'Aline parce qu'avec Pauline, on se demandait si on n'irait pas au cinéma samedi. La vie, quoi.

– Lulu ?

– Oui, Victor.

– J'ai faim.

– Moi aussi, j'ai répondu. Mets la table, ça va faire venir Scarlett.

– Pourquoi c'est moi qui mettrais la table ?

– Parce que t'es un garçon !

À force de se chamailler, on a eu encore plus faim.

Toujours pas de Scarlett. J'ai encore téléphoné, envoyé des messages. Finalement, j'ai fait des spaghettis, et on a dîné tous les deux en oubliant de se disputer.

– Victor ?

– Oui, Lulu.

– Ça ne ressemble pas à Scarlett d'être en retard pour le dîner…

– Ni de sauter l'apéritif, m'a interrompu Victor.

On a débarrassé la table et rangé la cuisine, toujours sans se disputer. À croire que ce sont les adultes qui sont à l'origine de nos batailles. Et puis on s'est couchés.

J'ai entendu Georges et maman rentrer. Je me suis levée pour aller les embrasser.

– C'était bien, le théâtre ? j'ai demandé.

– Formidable, a dit maman. Et vous ? Tout s'est bien passé ? Scarlett n'est pas arrivée trop tard ?

– Mais Scarlett n'est pas venue, j'ai annoncé. Et elle n'a même pas répondu à nos messages.

– Comment ? a rugi maman. Qu'est-ce que tu me dis ?

– Ne crie pas, chérie, a tempéré Georges. Ta mère est fantasque, ce n'est pas nouveau. Passe chez elle demain matin avant d'aller au bureau.

Je ne suis pas sûre que maman ait eu le temps d'entendre la fin de la phrase, elle était déjà en train d'essayer de joindre Scarlett.

Le lendemain, Georges prenait son petit déjeuner dans la cuisine et Victor mangeait du miel à la petite cuillère.

– Je vous dépose à l'école, les enfants ? a demandé Georges.

– Je te rappelle que je suis au collège, j'ai dit, un peu pincée.

On a entendu la porte de la maison claquer. C'était maman.

Moi, je ne suis pas inquiète pour Scarlett. Je connais ma grand-mère.

Avec Georges, on a déposé Victor à l'école et je suis allée à pied jusqu'au collège. À l'heure du déjeuner, j'ai rallumé mon téléphone. Il y avait un message de maman qui disait: «*Lulu, est-ce que tu as des nouvelles de Scarlett?* »

J'ai juste eu le temps de répondre: «*non*», quand la surveillante a fondu sur moi pour me rappeler que le portable était désormais interdit.

– Je sais, j'ai dit, mais ma grand-mère a disparu.

Elle m'a regardée et a hoché la tête. Elle s'est éloignée, puis s'est retournée. Elle a la lenteur

de Madonna, ma tortue, et les oreilles de Casserole.

Je suis rentrée à la maison tout de suite après les cours sans m'attarder à la boulangerie avec les Lines.

– Lulu ! Pourquoi t'es si pressée aujourd'hui ? Tu ne veux pas un petit pain au chocolat ? m'a proposé Pauline, qui ne saute jamais le goûter.

– Non ! Je rentre, ma mère a besoin de moi, Scarlett a disparu.

Quand je suis arrivée à la maison, il y avait Sonia et Olga, les deux sœurs de Scarlett. J'ai été très étonnée parce qu'on ne les voit pas beaucoup et jamais ensemble. Scarlett et ses deux sœurs sont pires que Victor et moi, elles ne peuvent pas se parler sans se faire des reproches dont le motif remonte au siècle dernier ou même à celui d'avant.

Maman et ses deux tantes étaient assises dans le salon.

– Lulu ! s'est écriée maman quand elle m'a vue, Lulu, ma chérie. C'est épouvantable, Scarlett a disparu !

– Tu es allée voir si elle n'était pas chez elle ? j'ai demandé.

– Évidemment, tu penses !

Olga et Sonia se sont mouchées bruyamment et en même temps.

– Vous avez appelé Gérard ? j'ai suggéré.

– Qui est Gérard ? a demandé Sonia.

– Son fiancé, j'ai répondu.

– Mais non, son fiancé s'appelle Yvan, a rectifié Olga.

– Ça, c'était l'année dernière, a précisé maman.

– Bon, je vais prendre les choses en main, j'ai dit. Vous n'êtes pas en état, toutes les trois. Maman, tu as le numéro de Gérard ?

– Oui, je crois. Regarde.

J'ai appelé Gérard, je suis tombée sur lui tout de suite.

– Bonjour, Gérard, c'est Lucrèce au téléphone. On cherche Scarlett. Vous ne sauriez pas où elle est ?

Gérard m'a répondu qu'il n'avait pas de nouvelles de Scarlett et qu'elle lui avait fait faux bond alors qu'ils s'étaient donné rendez-vous au cinéma.

– Merci beaucoup. Oui, je vous tiens au courant. À bientôt.

Sonia, Olga et maman se sont mouchées, toutes les trois cette fois-ci.

– Je ne supporterai pas une nouvelle journée d'angoisse, a sangloté maman. Mais où est-elle ?

Sonia a suggéré d'appeler les hôpitaux de la ville, Olga a ajouté qu'on devrait aussi prendre contact avec les commissariats.

À ce moment-là, Victor est arrivé. Il avait juste entendu *commissariat*.

– Scarlett a été arrêtée ? il a demandé. Elle a

encore provoqué un accident avec sa nouvelle trottinette ?

Sonia a appelé les hôpitaux, Olga est allée au commissariat, pendant que maman, sous le choc, regardait des photos de Scarlett en se mouchant.

La journée est passée, Georges est rentré. Il n'a pas eu l'air surpris de voir les sœurs de ma grand-mère fossilisées dans le canapé du salon.

– Alors ? On a des nouvelles de Scarlett ?

– Rien, a fait maman.

– Rien, a ajouté Olga.

– Rien, a précisé Sonia.

Victor a ouvert la bouche, pour parler, et Georges, un peu énervé, lui a dit qu'il se doutait qu'on n'avait pas de nouvelles de Scarlett.

– Très bien, a répondu Victor. Je ne vous dirai pas alors que je pense savoir où elle est.

Et il a quitté le salon, nous laissant tous éberlués.

– Victor, mon poussin, l'a rappelé maman. Viens voir !

– Oui ? s'est retourné mon frère avec un sourire de vainqueur.

– Tu disais que tu avais peut-être une idée ?

– Oui. Mais je vois que personne ne m'écoute. Même pas mon propre père. Décidément, les parents ne sont plus ce qu'ils étaient ! a ajouté Victor, sûr de lui.

– À qui le dis-tu ! a confirmé maman, comme si elle se parlait à elle-même.

Olga et Sonia se sont regardées en reniflant. Georges a enlevé son manteau et s'est assis.

– L'autre jour, Scarlett était à la maison, a commencé Victor, et avec Lulu on lui a demandé quel âge elle avait depuis la dernière fois.

– Comment ça, *depuis la dernière fois* ? a demandé maman.

– Oui, j'ai précisé. Scarlett nous a dit que la

dernière fois qu'elle avait fêté son anniversaire, c'était pour ses quarante ans, et que depuis, elle avait décidé qu'elle ne vieillirait plus.

Sonia et Olga ont étouffé un fou rire entre leurs larmes de détresse. Georges s'est enfoncé dans le canapé en dépliant son journal.

– Et ? a demandé maman, méfiante.

– Et Victor lui a dit que ce n'est pas parce qu'elle avait décidé qu'elle ne vieillirait plus, qu'elle n'était pas vieille.

– Et ? a poursuivi maman, en plissant les yeux.

– Et Scarlett s'est regardée dans le petit miroir de l'entrée, celui qui est encore un peu haut pour moi, et nous a dit de ne pas nous en faire et que ça allait s'arranger, a répondu Victor.

Maman s'est essuyé les yeux et s'est mise à ranger les piles de magazines qui traînent sur la table basse. Je la connais, chez elle, le rangement est un signe de stress.

– Je ne vois pas le rapport entre son reflet dans le miroir et sa disparition, a fait remarquer Georges.

– Je me rafraîchirais bien les idées avec un petit verre de blanc, a tenté Sonia.

– Oui, moi aussi, a ajouté Olga qui pour une fois était d'accord avec sa sœur.

Maman est allée chercher une bouteille de vin blanc, Georges a sorti les verres. Et moi, je n'arrivais pas à être inquiète. Scarlett a plus d'un tour dans son sac.

– Si je comprends bien Victor, a interprété Georges, Scarlett aurait disparu pour rajeunir.

– Exactement ! a fait Victor.

– Rajeunir ? Mais où ? Mais comment ? j'ai demandé, affolée.

Sonia et Olga ont fini par partir, maman avait l'air plus soulagée et Georges nous a mitonné un bœuf bourguignon.

J'ai donné du trèfle à Madonna, et je me suis couchée en envoyant un message groupé aux Lines pour leur souhaiter bonne nuit et leur dire qu'on n'avait toujours pas retrouvé ma grand-mère.

Alors que je m'endormais, on a sonné à la porte. J'ai reconnu les trois coups brefs de Scarlett.

On s'est tous précipités dans l'entrée.

– T'étais où, Scarlett ? on a fait d'une seule voix.

– Je me suis offert un petit voyage dans le temps, mes chéris !

– Pourquoi t'as des lunettes de soleil en plein hiver ? l'a interrogée Victor.

– Et en pleine nuit ? j'ai ajouté.

– Et voilà ! a fait Scarlett en enlevant ses lunettes d'un air mystérieux.

– Et voilà quoi ? a demandé Georges, en bâillant.

– Eh bien, j'avais des petites rides autour des yeux et elles ont disparu !

Georges et maman se sont regardés, l'air très fatigués.

– Tu veux dire que tu nous as fait une peur atroce pour aller te faire enlever tes rides ? a grogné maman.

– Tout à fait ! Ils sont très bien, d'ailleurs, à la clinique du visage. Mes petits-enfants ont le droit d'avoir une grand-mère jeune, n'est-ce pas, mes poussins ? s'est exclamée Scarlett.

– Ils ont aussi le droit d'avoir une grand-mère responsable ! a rétorqué maman.

Scarlett a rigolé en reboutonnant son blouson en jean.

– Je ne m'attarde pas, mes chéris, j'ai rendez-vous avec Gérard !

– Tu crois qu'il t'attend devant le cinéma depuis deux jours ? j'ai demandé.

– Mais j'espère bien ! s'est exclamée Scarlett. À demain, mes amours, elle a glapi en nous embrassant Victor et moi. Tu devrais faire quelque chose, ma chérie, elle a dit en s'adressant à maman. Je vais avoir l'air plus jeune que la mère de ma petite-fille.

Et elle est partie en riant.

Maman nous a dit d'aller nous recoucher. En montant l'escalier, avec Victor, on l'a observée. Elle se regardait dans le petit miroir de l'entrée en tirant sur ses tempes et en faisant une drôle de grimace.

– Si elle disparaît elle aussi, faudra pas s'inquiéter, Lulu, a déclaré mon frère.

Il a raison Victor. À ce rythme-là, c'est moi qui serai la plus vieille de nous trois !

Le maillot de bain

Au collège, ce qui est bien, c'est qu'on fait du sport et que ça compte dans la moyenne. Moi, j'adore le sport, sauf quand il faut courir, grimper à la corde ou jouer au volley dans la cour.

– Les enfants, nous a dit ce matin le prof de gym, j'ai la très grande joie de vous annoncer que lundi prochain, il faudra remplacer vos baskets par des bonnets de bain !

Eliott a levé le doigt.

– Oui, Eliott ? a fait M. Bertin d'un air méfiant.

– Un bonnet, c'est moins pratique que des chaussures pour courir !

Évidemment, on a tous rigolé, sauf M. Bertin qui nous a fait signe qu'on pouvait sortir du gymnase.

C'est pour ça que ce matin, quand à la fin du cours, M. Bertin nous a appris que ce trimestre, on irait à la piscine, avec les Lines, on était drôlement heureuses.

– La piscine en hiver, ça nous rappellera l'été, a décrété Pauline.

– Moi, je déteste être mouillée quand je sors de l'eau, a souligné Aline.

– T'es loufoque, toi ! j'ai rigolé.

La sonnerie a retenti juste à ce moment-là. C'est dommage, j'adore quand on a de grandes conversations avec les Lines.

Pendant le cours de français, j'ai eu du mal à me concentrer. Je ne pensais qu'à mon maillot de bain. J'ai bien peur que celui de l'été dernier soit trop petit.

– Lucrèce ! a tonné M. Rimbaud. Reviens avec nous, tu es où, là tout de suite ?

J'ai eu très chaud, subitement.

– Heu…

–Très bien. Fais-moi une phrase avec un complément circonstanciel de lieu.

– Je suis à la piscine, j'ai répondu sans réfléchir.

– Parfait, a souri le prof de français. Décidément, Lucrèce, tu m'étonneras toujours.

Après, il a fallu affronter une heure de maths. Je n'avais jamais été aussi heureuse d'entendre la sonnerie et de retrouver les Lines. Ce n'est pas pratique les cours pour se parler.

–Tu imagines Joseph en maillot de bain? a gloussé Coline, à peine sortie de la classe.

Rose, qui est amoureuse de Joseph, nous a regardées d'un drôle d'air. C'est vrai qu'il a davantage la carrure d'un joueur d'échecs que celle d'un champion de natation.

On avait été tellement occupées à passer en revue toute la classe en maillot de bain qu'on avait oublié de s'arrêter à la boulangerie.

Le jeudi, en général, maman rentre tard, Scarlett joue au poker chez ses copines, Georges a son entraînement de tir à l'arc, et Victor, son cours particulier de russe.

Il est loufoque, Victor. Il s'est mis en tête d'apprendre le russe parce qu'il a vu un reportage à la télévision qui parlait d'un grand concours de jeux vidéo qui se passe à Moscou.

Donc, quand je suis arrivée à la maison, il n'y avait personne.

Je n'aime pas rentrer la première. Je préfère être attendue. J'ai mis des carrés de chocolat noir entre deux tranches de pain de mie et je suis montée dans ma chambre prendre soin de Madonna.

Comme je suis sérieuse, je n'ai pas répondu immédiatement aux messages des Lines. J'ai d'abord sorti mon livre d'histoire-géo mais quand le téléphone a sonné, je n'ai pas résisté.

– Allô, Lulu ?

– Oui, Pauline !

– Il est de quelle couleur ?

– De quoi tu parles ?

– De ton maillot de bain !

On a discuté longtemps mais quand j'ai entendu le bruit de la porte, j'ai préféré raccrocher parce que maman n'aime pas trop que je téléphone avant d'avoir fini mes devoirs. Et là, je ne les avais pas commencés.

Le jeudi, comme tout le monde rentre un peu tard, on dîne dans le salon. On sort le plateau de fromage, des biscuits salés et on pique-nique. Je crois qu'avec le samedi, le dimanche et le mardi, c'est mon jour préféré.

Scarlett est arrivée en même temps que maman. Mais on avait l'impression que maman avait fait un long voyage tellement elle avait l'air fatiguée. Heureusement que le jeudi est la veille du vendredi et qu'elle peut se reposer le samedi !

– Tu as l'air épuisée, ma chérie, a fait remarquer Scarlett à maman.

– Disons, a répondu maman, qu'il faut bien que je gagne en travaillant ce que tu perds en jouant au poker.

Scarlett a haussé les épaules en rajustant Igor, son renard.

– Alors, Victor, a demandé Georges, le russe, ça avance ?

– *Da !* a acquiescé Victor. Ça veut dire « oui », en russe, il a précisé.

Moi, ça m'énerve un peu quand on se concentre sur mon petit frère.

– Et moi, j'ai une grande nouvelle à vous annoncer, j'ai claironné.

– Tu as vu des nouvelles baskets dans la vitrine du magasin en face du collège ? a ricané Victor.

– Tais-toi, microbe dégénéré ! j'ai glapi en lui jetant un coussin à la tête.

Là, Georges s'est levé et, alors qu'il ne s'énerve jamais, nous a envoyés tous les deux réfléchir dans nos chambres.

J'ai claqué la porte de la mienne et je me suis

allongée sur mon lit en prenant Madonna avec moi.

– Lulu ! Je peux entrer ? a murmuré Scarlett en grattant à la porte.

– Non !

– Merci, a dit ma grand-mère en s'asseyant sur la chaise de mon bureau. C'était quoi cette grande nouvelle ?

Je reconnais bien Scarlett ! Elle est tellement curieuse qu'elle n'a pas résisté.

– On va aller à la piscine avec la classe !

Scarlett a ouvert de grands yeux, en rajustant Igor, son renard en fourrure.

– Et ça te fait plaisir d'aller à la piscine ?

– Évidemment Scarlett ! T'es loufoque, toi.

– Alors tant mieux, a conclu ma grand-mère en se levant. Parce que moi, aller me baigner en plein hiver, sortir dans la rue avec les cheveux mouillés, prendre

froid, attraper une bronchite qui va forcément dégénérer en pneumonie et me retrouver à l'hôpital, non merci !

Et elle est sortie de ma chambre, nous laissant, Madonna et moi, un peu perplexes.

Au moment où j'allais allumer ma tablette pour regarder un nouvel épisode de ma série préférée, Georges nous a appelés, Victor et moi.

– Les enfants, j'espère que vous avez réfléchi. Vous avez la chance d'avoir un toit, de quoi manger et une famille aimante. Par respect pour tout ça, je vous demande de ne plus vous disputer, au moins devant nous.

– Vous avez raison, Georges, a applaudi Scarlett. C'est très important le respect, et vous m'avez donné soif ! Un petit porto me ferait beaucoup de bien !

– Alors Lulu, a demandé maman. C'était quoi cette grande nouvelle ?

J'ouvrais la bouche pour répondre quand Scarlett m'a interrompue.

– Figure-toi que Lucrèce se réjouit d'aller attraper une pneumonie, dans le meilleur des cas.

– Scarlett, je me suis écriée, tu racontes n'importe quoi ! Maman, le prof de sport nous a dit que ce trimestre on irait à la piscine. Celui d'après, on fera de l'escalade, et le dernier, on jouera au badminton.

– C'est formidable, a rigolé Georges, plus besoin d'aller à la plage ou à la montagne ! Je vais enfin faire des économies.

– T'es pas drôle, papa, a grogné Victor.

Maman m'a caressé les cheveux comme quand elle trouve que je grandis trop vite.

– Moi aussi j'adorais aller à la piscine avec l'école, a ajouté maman.

– Alors ça, c'est la meilleure ! s'est exclamée Scarlett. Tu me suppliais de te faire faire un certificat médical pour précisément te dispenser de natation.

– Oui, oui, a répondu maman, un peu agacée. Mais c'est parce que je me trouvais trop grosse.

Georges avait apporté le fromage et une salade sur la table basse du salon.

– Le problème, c'est que je n'ai pas de maillot de bain, j'ai annoncé d'un air solennel.

– Tu exagères, Lulu, s'est insurgée maman. Je t'en ai acheté au moins trois l'été dernier.

– Justement ! C'était l'été et là, c'est l'hiver, j'ai répliqué.

Scarlett qui était de bonne humeur, en tendant son verre vide à Georges, m'a promis qu'on irait en acheter un samedi.

J'adore aller faire des courses avec ma grand-mère.

Samedi, c'est dans longtemps, j'ai pensé, il y a tout vendredi avant. Et j'ai remarqué que quand on attend quelque chose, le temps passe moins vite.

Samedi, Scarlett m'avait dit qu'elle viendrait me chercher après le déjeuner.

– Me voilà ! elle a claironné en ouvrant la porte avec ses clefs et en sonnant en même temps.

Georges et maman prenaient un café dans le salon, Victor et moi, on débarrassait la table.

– Lulu ! Je suis là ! elle a crié.

Le temps de mettre mon blouson, j'étais prête.

J'ai embrassé Georges et maman qui n'ont jamais l'air tristes quand je ne suis pas là le samedi après-midi, et on est parties.

– On va où, Scarlett ?

– J'ai repéré une boutique dans la rue qui est derrière ton collège.

On s'arrêtait devant toutes les vitrines.

– Que penses-tu de ces chaussures, Lulu ?

– Rien, Scarlett ! On cherche un maillot de bain.

Un peu plus loin, Scarlett s'est immobilisée devant un magasin de fourrures.

– Regarde, Lulu, comme c'est joli. J'ai l'impression que tous ces manteaux m'attendent. N'est-ce pas, Igor ? a fait ma grand-mère en caressant son renard.

– Scarlett ! On n'est pas là pour ça !

Une heure plus tard, on est enfin entrées dans la boutique de maillots de bain.

– C'est pour toi ? m'a demandé gentiment la vendeuse.

– C'est pour nous ! a répondu Scarlett.

Plus rien ne m'étonne de ma grand-mère.

Des maillots, il y en avait de toutes les formes, de toutes les couleurs.

– J'aime bien le rouge, une pièce, avec les petits cœurs, j'ai dit.

– Moi, je vais essayer l'imprimé panthère, a ajouté Scarlett.

Et on a essayé nos maillots de bain toutes les deux dans des cabines voisines.

Je me suis regardée dans la glace et je me suis trouvée drôlement jolie. Dehors, on entendait la

pluie qui tombait. C'était bizarre d'être en tenue d'été alors qu'il faisait froid, en pleine ville, avec les bruits de la circulation.

Je me suis rhabillée et quand je suis sortie, Scarlett était au milieu de la boutique avec son maillot panthère et son renard autour du cou.

– T'es loufoque, toi !

– Quand on a la chance d'avoir un corps parfait, on ne le cache pas ! a rétorqué Scarlett en prenant des poses devant la vendeuse étonnée.

On est ressorties de la boutique, nos maillots et nos bonnets de bain bien empaquetés dans de jolis papiers de soie.

– Si on allait les essayer ? m'a demandé Scarlett.

– Essayer quoi ?

– Nos maillots de bain !

– Mais où ?

– Lulu ! Réfléchis !

– Tu ne veux quand même pas aller à la piscine ?

– Mais si ! Allez ! On y va. Je préviens ta mère ! s'est enthousiasmée Scarlett.

Heureusement, la piscine n'est pas loin et la

pluie s'était arrêtée. J'ai bien tenté de la dissuader mais quand Scarlett a une idée dans la tête, ce n'est même pas la peine d'essayer.

Il n'y avait pas grand monde cette après-midi-là à la piscine. On nous a donné une petite clef et un numéro de vestiaire et on s'est changées.

Elle est bizarre, ma grand-mère, mais qu'est-ce que j'étais heureuse !

On s'est retrouvées toutes les deux au bord de l'eau. Il y avait un maître nageur qui donnait une leçon à un petit garçon.

– Plonge la première, Lulu, a fait Scarlett.

L'eau était très bonne et mon maillot de bain était assorti au bonnet que nous venions d'acheter.

– À toi, Scarlett ! Viens !

J'ai fait une longueur en brasse coulée en m'étirant bien comme on me l'avait appris l'été dernier, quand j'étais petite.

C'est là que j'ai vu Scarlett s'approcher du maître nageur. Je n'ai pas entendu ce qu'ils se disaient mais Scarlett a passé des brassards et a mis une bouée autour de sa taille.

Puis elle est descendue tout doucement dans l'eau par l'échelle, là où même un enfant a pied.

Je me suis approchée d'elle.

– Mais qu'est-ce que tu fais, Scarlett ?

Elle m'a regardée avec un grand sourire.

– Comme tu vois, j'apprends à nager !

Le maître nageur avait maintenant deux élèves, le petit garçon et Scarlett.

Ma grand-mère se débattait dans l'eau, incapable de suivre les conseils du moniteur. Sa bouée était remontée pratiquement au-dessus de sa tête, ses brassards l'encombraient.

Jamais je n'aurais imaginé qu'elle ne savait pas nager. J'ai été très fière de ma grand-mère.

La leçon a duré presque une heure. Scarlett a fini par reprendre son souffle et s'appliquer. Le petit garçon et moi, on l'encourageait.

Ensuite, Scarlett m'a proposé d'aller goûter. La natation, ça creuse et on s'est attablées dans un salon de thé.

– Un chocolat et un sablé, j'ai demandé.

– Pour moi, ce sera un porto et un baba au rhum, a annoncé Scarlett.

– Eh bien ! Tu ne t'en fais pas ! j'ai rigolé.

– Je te signale, Lulu, que dans cette piscine j'ai bu plus d'eau en une heure qu'en toute une vie !

Elle est loufoque ma grand-mère. Quand je vais raconter ça aux Lines ! Je ne regarderai plus jamais cette piscine sans y voir Scarlett en maillot de bain panthère se débattant avec une bouée et des flotteurs !

En général ce sont les grands-parents qui assistent aux premières leçons de natation de leurs petits-enfants. Chez nous, c'est l'inverse !

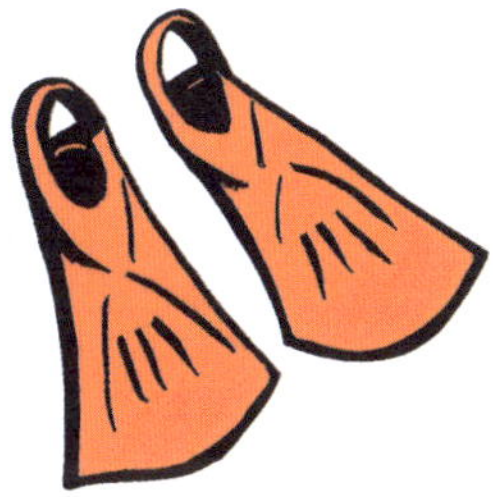

La piscine

Ce soir-là, pendant le dîner, Scarlett était fatiguée. Ça ne lui ressemble pas.

– Je vais aller faire un petit poker, ça va me remonter ! elle a dit.

– Moi, je crois que le meilleur moyen de te requinquer, a répondu maman, serait d'aller te reposer.

– C'est la piscine, j'ai ajouté ! C'est fatigant !

Maman a regardé Scarlett d'un drôle d'air.

– Comment ça, la piscine ? Tu n'as jamais su nager !

– Justement, il n'est pas trop tard. Et j'ai pris ma première leçon tout à l'heure. Mais là, j'ai la quinte flush qui me démange ! Je vous laisse, mes amours.

Scarlett nous a embrassés, puis elle est partie sans oublier son sac avec le maillot de bain panthère et le bonnet léopard.

Moi, je suis remontée dans ma chambre envoyer aux Lines des photos de mon nouveau maillot. Les réactions n'ont pas tardé.

On a convenu de se retrouver le lendemain chez moi pour goûter. C'est l'avantage du dimanche, on peut voir tranquillement ses amis sans être tout le temps interrompu par les cours. Pauline est arrivée la première, ce qui ne m'a pas étonnée, quand il s'agit de goûter, Pauline est toujours en avance.

– Alors Lulu, ce nouveau maillot de bain ?

– Il est magnifique ! Regarde !

– Mais, je croyais qu'il était neuf ! Tu t'en es déjà servi ? s'est étonnée Pauline.

– Oui, hier j'ai accompagné ma grand-mère à la piscine. Elle apprend à nager !

À ce moment-là, j'ai entendu sonner à la porte, c'était Aline et Coline.

– Ah ! Quand même, a fait Pauline, j'ai failli avoir faim.

C'est à ça qu'on reconnaît le dimanche, il passe beaucoup plus vite que les autres jours !

Le lendemain, on avait une heure de sport. On appelle ça EPS, ça veut dire « Éducation Physique et Sportive ». Maman me dit que de son temps, quand elle enjambait les dinosaures pour aller à l'école, on disait « gym », tout simplement. Et elle ajoute en général :

– C'est le mal du siècle de tout compliquer.

Donc M. Bertin nous attendait dans le gymnase, assis sur un tapis de sol. On est tous entrés en même temps et puis on s'est précipités dans les vestiaires pour poser nos affaires.

– Les enfants, les enfants, du calme, a dit M. Bertin en regardant sa montre, comme s'il voulait influencer les aiguilles pour qu'elles tournent plus vite.

Il nous a fait asseoir en tailleur autour de lui et nous a demandé si nous savions tous nager.

– Évidemment ! a fait Eliott, sûr de lui comme d'habitude.

Et tout le monde s'est mis à parler en même temps.

– Très bien, nous a interrompus M. Bertin. Alors jeudi prochain, tous à l'eau !

Augustin a fait semblant de nager le crawl, Mathis est monté sur une poutre et a mimé un plongeon. Ça promet pour jeudi !

Le proviseur est entré dans le gymnase à ce moment-là. Personne ne l'a entendu.

M. Bertin époussetait son tapis de sol en attendant que l'heure se termine.

– C'est un atelier cirque que vous animez là ? a demandé le proviseur d'une voix forte.

– Bonjour, monsieur le proviseur, a bafouillé le prof de sport. Nous sommes en train de parler du trimestre de natation.

– Ah…, a fait le proviseur en nous regardant fixement. Espérons que l'eau aura des vertus apaisantes ! Quoi qu'il en soit, vous êtes courageux de les emmener à la piscine.

– J'aime mon métier, monsieur le proviseur, a répondu M. Bertin. Et ceux qui ne savent pas encore nager apprendront.

Et le proviseur a quitté le gymnase après avoir serré longuement la main du prof de sport. M. Bertin nous a fait écrire dans nos carnets de correspondance la liste de ce dont on aurait besoin jeudi prochain. On a tous noté : un bonnet, des lunettes, un maillot de bain, une grande serviette, une petite bouteille d'eau et un goûter.

– Monsieur ? a demandé Augustin.

– Oui, Augustin ?

– Est-ce que je peux apporter mes palmes ?

– Moi, j'ai un masque et un tuba, a renchéri Eliott, qui veut toujours être le mieux équipé en tout.

– Moi, mon grand-père a un scaphandre dans son garage, a ajouté Mathis.

– Et moi, je suis allée voir un film avec ma mère, l'histoire d'un type qui nageait sous l'eau avec des dauphins, a précisé Coline.

Et puis, après un mardi sans fin et un mercredi interminable, jeudi est arrivé.

Maman m'avait acheté des lunettes de piscine qui me donnent l'air d'un crapaud et j'avais du mal à faire entrer ma tresse dans mon bonnet de bain.

On est tous partis ensemble du collège. M. Bertin avait demandé à une surveillante de nous accompagner.

– Les enfants, je compte sur vous pour ne pas courir dans la rue. Et une fois à la piscine, je vous demande d'écouter les consignes.

On marchait toutes les quatre, les Lines et moi. Joseph et Rose se tenaient par la main, Eliott et Augustin faisaient semblant de nager la brasse en courant, Mathis et Simone se disputaient, comme toujours. M. Bertin discutait avec Camille, la surveillante. Je pense que vus du ciel, on devait former une espèce de nuage qui se déplaçait.

Arrivés à la piscine, on nous a attribué des numéros de casier avec un cadenas.

– Moi, mon code secret, ce sera 007, a annoncé fièrement Eliott, qui avait déjà mis ses lunettes et son bonnet alors qu'il n'était pas encore en maillot de bain.

– Comme tu le remarqueras, James Bond, a dit M. Bertin très doucement, sur le cadenas, la combinaison est à quatre chiffres. Tu peux donc ajouter un zéro. Et ce zéro, si tu continues à faire le pitre, comptera dans ta moyenne.

Il avait l'air tendu, le prof de sport. Je ne vois vraiment pas pourquoi. On est tous tellement heureux d'être là.

On s'est précipités dans des cabines individuelles pour mettre nos maillots de bain et on s'est tous retrouvés au bord de la piscine.

– On va faire trois groupes, a dit M. Bertin.

À ma gauche, ceux qui maîtrisent deux nages. Devant moi, ceux qui flottent mais qui hésitent. À ma droite, ceux qui ne savent pas du tout nager.

On s'est tous répartis comme il avait demandé. À la droite de M. Bertin, il n'y avait que Camille, la surveillante. Seul Eliott n'était nulle part, ni à droite, ni à gauche, ni au centre.

– Il n'y a pas de place pour moi, monsieur, a claironné Eliott.

– Et pourquoi donc ? a fait M. Bertin, d'un air un peu agacé.

– Parce que je nage la brasse, le crawl, la brasse coulée, le dos crawlé, et donc je maîtrise bien plus que deux nages !

On a tous rigolé, sauf M. Bertin et Camille qui regardait Eliott avec des yeux béats d'admiration. On avait deux maîtres nageurs pour nous. J'ai d'ailleurs reconnu celui avec lequel Scarlett avait pris sa première leçon de natation.

Ils nous ont demandé de descendre dans le bassin par l'échelle, mais on n'a pas entendu parce qu'on avait déjà tous sauté dans l'eau.

Augustin n'avait pas pu s'empêcher d'apporter un tuba. De temps en temps, il sortait la tête de l'eau et criait :

– Je suis un sous-marin !

L'un des maîtres nageurs essayait de nous apprendre à respirer entre les mouvements. L'autre s'occupait de M. Bertin qui, pensant que

Mathis et Joseph avaient un problème parce qu'ils jouaient à celui qui resterait le plus longtemps sous l'eau, avait sauté en survêtement et baskets dans la piscine pour les repêcher.

Coline avait récupéré un ballon et on a vite formé deux équipes pour jouer à la balle au prisonnier. C'était bien, parce qu'on avait la piscine pour nous, tous les gens étaient sortis pile au moment où on est arrivés.

J'ai passé la meilleure après-midi de ma vie.

Comme dirait Scarlett, toutes les bonnes choses ont une fin, et M. Bertin a eu l'air soulagé de nous annoncer qu'il était l'heure de rentrer au collège.

Quand on s'est tous retrouvés dehors, devant la piscine, M. Bertin nous a comptés.

– Bien, tout le monde est là, il a dit en essorant son pull qui dégoulinait.

– Monsieur ! Il manque Camille, la surveillante.

M. Bertin a eu beau l'appeler, pas de Camille.

– Lucrèce, viens avec moi, allons la chercher ensemble, il a ordonné. Élisabeth, tu es déléguée, tu surveilleras tes camarades.

SOS

M. Bertin et moi, on est retournés à la piscine. Camille n'était pas dans les vestiaires.

– Enlève tes chaussures, Lucrèce. Allons voir si elle n'est pas du côté du bassin.

Effectivement, Camille était dans l'eau. Elle flottait, aidée par des brassards, une bouée autour de la taille.

Mais elle n'était pas seule. Un autre bonnet de bain dépassait de l'eau. Un maître nageur guidait les deux apprenties nageuses avec une perche.

– C'est bien. Les bras en avant, poussez sur les jambes. Respirez !

M. Bertin s'est approché de l'eau.

– Camille ! Qu'est-ce que vous faites là ?

– J'apprends à nager, monsieur Bertin ! C'est formidable !

– Et il n'y a pas d'âge pour commencer, a souri le maître nageur. Regardez mon autre élève, elle débute aussi.

Là, j'ai eu le choc de ma vie. Sous l'autre bonnet, aux motifs léopard, j'ai reconnu Scarlett. Elle gesticulait comme elle pouvait en se débattant dans l'eau sans se départir de son sourire.

– Scarlett ! Qu'est-ce que tu fais là ?

– Eh bien comme tu vois, je m'épanouis, elle a dit en faisant un clin d'œil au maître nageur, qui devait bien avoir trente ans de moins qu'elle. Emmanuel m'a donné le goût de l'eau ! En échange, je vais lui apprendre les rudiments du poker !

– Et vous m'avez aussi promis quelques cours de théâtre, Scarlett, a précisé le maître nageur d'un air gourmand.

– On a toujours le temps pour un alexandrin ! a souri Scarlett, charmeuse.

M. Bertin s'est essuyé le front, l'air consterné.

– Tu connais cette dame, Lucrèce ?

– Oui, monsieur. C'est ma grand-mère !

Scarlett a ri très fort, en me faisant un clin d'œil.

– Est-elle drôle, cette petite ! Comment pourrais-je être sa grand-mère alors que je n'ai même pas l'âge d'être sa mère ! Allons Emmanuel, reprenons.

On a rejoint les autres et on est rentrés au collège en goûtant. J'ai proposé à M. Bertin la moitié de ma tablette de chocolat et de mon pain au lait. Il avait l'air tellement fatigué !

Lorsqu'on est entrés dans la cour du collège, le proviseur nous attendait.

– Alors ? il a demandé en rigolant. Prêts pour les Jeux olympiques ? Où est la surveillante ?

– Eh bien, justement, a fait le prof de gym, elle s'entraîne. Et moi, je rentre me coucher.

– Tenez le coup, Bertin, et n'oubliez pas : l'essentiel est de participer !

Quand je suis arrivée chez moi, j'avais encore faim. Pendant le dîner, maman m'a fait remarquer que je dévorais.

– Tu as passé une bonne après-midi, Scarlett ? j'ai demandé, un peu pincée.

– Excellente, ma Lulu ! Ce jeune Emmanuel a du talent, il ira loin. Ce week-end, je l'initie au théâtre !

– L'eau, ça creuse, on dirait, s'est amusé Georges en me regardant dévorer la seconde cuisse de poulet.

– C'est pour ça que je reste mince, a déclaré Scarlett, en se servant un verre de vin.

La semaine d'après, M. Bertin nous a annoncé que finalement, il avait réfléchi avec le proviseur :

– Vous allez vous en tenir à la pratique du volley dans la cour.

Ils sont loufoques, les profs, j'ai pensé. Nous, on était prêts à retourner à la piscine !

Week-end surprise

Demain, on part en week-end chez les parents de Georges. Ils habitent à La Baule, en Loire-Atlantique. On y va trois fois par an mais jamais plus de deux jours. C'est maman qui a fixé les règles il y a très longtemps.

Ce soir, elle s'est laissée tomber sur le fauteuil de ma chambre en soupirant.

– Ça va Lulu ?

– Oui maman !

– Tu n'as pas oublié ?

– Oublié quoi ?

– Que demain on part chez les parents de Georges !

– Bien sûr que non ! Avec Victor, on est plutôt contents. Ils sont gentils.

Maman a fait une drôle de tête, puis elle s’est levée en respirant très fort.

J’ai téléphoné à ma grand-mère pour lui rappeler qu’elle devait s’occuper de Madonna, ma tortue.

– Allô, Scarlett ?

– Oui ma Lulu ! Tout va bien ?

– Oui. Tu n’oublies pas que demain, on va chez les parents de Georges, et que tu dois prendre soin de Casserole et Madonna ?

– Ah bon ? elle s’est écriée. Mais c’est impossible ! Demain, je pars en week-end avec Gérard !

Mon cœur a fait un bond, comme quand je suis très énervée et que j’essaye de me contenir.

– Mais enfin, Scarlett, c’est prévu depuis six mois, et on y va tous les ans à la même date !

– Je sais, ma chérie. Mais que veux-tu, Gérard était si heureux de ce petit voyage !

– Et vous allez où ? j’ai demandé, pas très aimable.

– Eh bien, il voulait me faire découvrir Venise, mais moi, je préfère qu'on aille visiter la Bourgogne, a gloussé Scarlett.

– Et on fait comment pour la tortue et le lapin ?

Là, il y a eu un silence.

– Je viens vous embrasser ce soir et on en parlera, m'a répondu Scarlett d'une voix légère.

J'ai grommelé un « à tout à l'heure », et j'ai raccroché.

Si maman a accepté que Victor et moi on ait des animaux de compagnie, c'est parce que Scarlett s'est engagée à s'en occuper quand on part en vacances.

J'imaginais déjà Madonna et Casserole livrés à eux-mêmes. J'en ai presque eu les larmes aux yeux.

J'ai continué mon exercice de grammaire, mais le cœur n'y était plus.

Quand j'ai entendu Scarlett arriver pour le dîner, je suis descendue en trombe.

– Scarlett ! Tu ne peux pas me faire ça ! Tu n'as qu'à partir le week-end prochain !

– Impossible, Lulu, m'a répondu ma grand-mère en s'enroulant dans une nouvelle écharpe qui ressemblait à une belette teinte. On a déjà réservé toutes nos dégustations de vins.

Georges était dans la cuisine et maman regardait les informations à la télé.

– Bonsoir, maman ! elle a lancé. On compte sur toi ce week-end pour venir nourrir les animaux de tes petits-enfants.

– C'est que, a commencé Scarlett, je ne suis pas là…

Maman s'est levée, puis s'est rassise tout aussi brusquement.

– Je pars en Bourgogne avec Gérard, a continué Scarlett.

– Et comment on fait avec la tortue et le lapin ? a demandé maman un peu sèchement.

– Emmenez-les ! s'est écriée Scarlett comme si elle avait eu l'idée du siècle.

Georges est sorti de la cuisine à ce moment-là.

– Emmener qui et où ? il a demandé, en souriant.

Ce que j'aime avec Georges, c'est qu'il est toujours content. Il donne une chance à toutes les situations. Maman devrait en prendre de la graine.

– La tortue et le lapin. Chez tes parents. Ce week-end, a simplement répondu maman.

Georges a voulu s'essuyer les mains qui étaient déjà sèches avec le torchon qu'il croyait avoir sur l'épaule. Quand il est perturbé, il est distrait.

– Heu… C'est-à-dire qu'ils ont un chien qui ne verra pas Casserole comme un animal de compagnie mais plutôt comme un apéritif de compagnie ! Et ma mère déteste les reptiles.

– Ça dépend sous quelle forme, a rectifié Scarlett. Je me souviens de l'un de ses très jolis sacs à main…

– Mais Madonna n'est pas un vulgaire reptile ! j'ai crié, offusquée. C'est la plus belle tortue du monde !

Finalement, voyant venir les problèmes, Scarlett a prétexté qu'elle n'avait pas terminé ses bagages pour nous embrasser et partir avant le dîner.

– L'une des Lines ne peut-elle pas venir s'occuper de Casserole et Madonna ? a demandé Georges.

– Mais non, c'est une trop grande responsabilité, j'ai affirmé.

Le dîner a été plus silencieux que d'habitude. Heureusement que Victor a quand même fait rire Georges et maman en imitant sa grand-mère découvrant ma tortue dans un saladier.

– Demain, départ à 9 heures précises, a annoncé Georges quand on est allés se coucher. Je veux arriver là-bas pour le déjeuner.

On n'a plus reparlé de Madonna ni du lapin de

Victor. Les parents, c'est fait aussi pour trouver des solutions, donc je n'étais pas très inquiète.

J'ai donné une tomate cerise à ma tortue qui ne se doutait pas qu'elle avait été l'enjeu d'une discussion animée.

Puis on a toqué à la porte. C'était Victor.

– Lulu, comment on va faire avec nos animaux ? Moi, j'ai pas envie que Casserole serve de noix de cajou à Brutus !

– Je te comprends, Victor. Nos parents vont arranger ça. Va te coucher, maintenant.

Et il est reparti, un peu rassuré. Ce n'est pas rien d'être une grande sœur. La plupart du temps, j'ai envie de lui faire manger ses zombies et ses squelettes, mais en vrai, j'aime bien quand il a besoin de moi.

Le lendemain matin, c'est la voix de Georges qui m'a réveillée. Quand il est au téléphone avec sa mère, il parle toujours très fort, pourtant je crois qu'elle n'est pas sourde du tout.

– Oui ! Avec la tortue et le lapin ! On ne peut pas faire autrement. Tu ne les verras pas, les enfants s'en occupent parfaitement.

Avec Victor, on était dans l'escalier, à l'affût. Mais évidemment, on n'entendait pas ce que disait Suzanne, la mère de Georges.

Et puis Georges est sorti dans le jardin pour continuer sa conversation. C'est dommage, j'adore écouter les adultes téléphoner. Et ce que j'aime encore plus, c'est faire les réponses que je n'entends pas.

Par exemple, ici, j'ai imaginé que Suzanne avait répondu :

– Brutus va être très heureux ! Un lapin et une tortue, ça le changera de ses croquettes protéinées.

Parfois, mon imagination débordante me donne des frissons…

Georges est rentré du jardin, l'air contrarié. Maman et lui se sont enfermés dans la cuisine.

Là, même collés à la porte, on n'a plus rien entendu.

– Qu'est-ce que vous faites là, vous deux? a grogné Georges en sortant brusquement de la cuisine.

– On vient prendre notre petit déjeuner, j'ai répondu le plus gentiment possible. Mais si c'est compliqué, on attendra d'être arrivés chez tes parents pour manger.

Maman avait l'air contrariée, comme quand elle ne sait pas par où prendre un dossier. Un jour, elle m'a expliqué qu'une affaire judiciaire c'était comme une pelote de laine, qu'il y avait toujours un fil qui dépassait et que, quand on l'avait localisé, il suffisait de tirer dessus pour tout démêler.

– Ça va, maman? j'ai demandé.

–Y a plus de céréales au miel? a poursuivi Victor.

– Bonjour, mes poussins, a répondu maman.

J'ai mis en marche la bouilloire électrique pour me faire un thé. J'ai arrêté le chocolat chaud depuis que je suis au collège.

– Dépêche-toi, Victor, j'ai dit. Georges veut qu'on parte tôt.

– Mais qu'est-ce qu'on fait pour Madonna et Casserole ? a demandé mon frère.

– On va mettre Madonna dans une boîte avec de l'herbe et de la salade, et Casserole dans un sac de voyage. Le trajet en voiture ne les tuera pas, et ils sont plus silencieux que vous, a annoncé maman.

C'est vrai qu'avec Victor, on se dispute beaucoup en voiture. Il est plus petit que moi et pourtant il prend toute la place.

Heureusement, j'ai gardé la boîte en plastique dans laquelle on a ramené Madonna du magasin où on l'a achetée avec maman. On mettra le terrarium dans le coffre. Quant à Victor, il trouvera une solution pour son lapin dans le jardin de ses grands-parents.

Moins d'un quart d'heure plus tard, on était en bas tous les quatre, Madonna et moi, Victor et Casserole.

– Papa et maman ne sont pas prêts ? s'est étonné Victor.

– Je ne sais pas.

Victor a libéré Casserole, qui s'est attaqué à la frange du tapis, moi, j'ai laissé ma tortue se promener sur la table basse.

Maman est enfin descendue.

– Et Georges ? on a demandé.

– Georges parlemente avec sa mère, elle a répondu.

– À quelle heure on part ? a gémi Victor. Je ne veux pas rater le déjeuner !

Finalement, à force d'attendre Georges, maman est remontée dans son bureau, et moi j'ai commencé à défaire mon sac de voyage

dans le salon pour m'assurer que j'avais bien pris mon tee-shirt mauve. Victor, qui avait mis en veille ses zombies pour le week-end, a rallumé son jeu vidéo.

– Les enfants ! a crié Georges en entrant en trombe dans le salon. On y va !

Victor a éteint sa console et récupéré Casserole, moi, j'ai rangé Madonna dans sa boîte, et maman est arrivée.

On est enfin montés dans la voiture. On était en train de s'attacher quand le téléphone de Georges a sonné.

– Allô ? Oui, maman. Non, on n'est pas encore partis. Mais on est dans la voiture. Comment ça, il vaut mieux qu'on ne vienne pas ?

Victor et moi, on s'est regardés, et maman s'est retournée vers nous en faisant signe qu'elle n'y comprenait rien.

– Mais enfin, tout le monde se réjouissait de passer le week-end avec vous ! a continué Georges. Oui, c'est ça, je te rappelle, il a conclu avant de raccrocher.

Et on est descendus de la voiture.

Georges et maman se sont assis dans le jardin, Victor et moi on est rentrés comme si on était partis depuis longtemps. Moi, avec la boîte de Madonna, lui avec le sac de Casserole.

– Ils sont loufoques, tes grands-parents, Victor, j'ai dit.

– Je sais, Lulu, je sais, a fait Victor en caressant les oreilles de son lapin qui avait échappé à un destin de croquette protéinée.

Pour nous consoler de ne pas passer le week-end au bord de la mer, Georges nous a emmenés passer la journée dans un parc d'attractions. Maman a même fait un grand huit, et elle était d'aussi bonne humeur que je le suis quand un contrôle de maths prévu n'a finalement pas lieu.

Quand on est rentrés à la maison, chacun a repris le cours de sa vie. Victor a ranimé un zombie, maman est partie travailler dans son bureau et Georges a commencé ses mots croisés dans le salon en écoutant de la musique.

Alors que je montais dans ma chambre, ravie finalement d'être restée à la maison ce

week-end, j'ai entendu un klaxon dans la rue, pile devant la maison.

On a sonné à la porte, j'ai dévalé l'escalier et j'ai ouvert.

– Lucrèce ! Comme tu es jolie !

C'était Suzanne, la mère de Georges. Pierre, son mari, se tenait juste derrière elle.

Je les ai embrassés et j'ai appelé Georges.

– Mais, qu'est-ce que vous faites là ? a bredouillé mon beau-père, ses lunettes sur le front.

– On a trouvé dommage de ne pas vous voir à cause de vos histoires d'animaux, a répondu Pierre. Alors, on a sauté en voiture, et nous voilà !

Moi, j'ai tout de suite pensé à maman, qui préfère quand les surprises sont prévues.

À ce moment précis, j'ai reconnu le bruit de talons aiguilles sur le gravier du jardin.

– Scarlett ? Mais… et ton voyage avec Gérard ? je me suis exclamée.

– Ma Lulu ! Je me suis dit que je ne pouvais pas laisser Madonna et Casserole mourir de faim. On partira une prochaine fois.

Maman est arrivée, avec la tête de celle dont le contrôle de maths qui devait être annulé a finalement lieu.

– Bonjour, Suzanne, quelle bonne surprise ! elle a lancé.

Elle me fait rire, maman, quand sa voix et ses yeux ne disent pas la même chose !

C'est à ce moment précis qu'un saint-bernard affectueux a surgi dans le salon, bavant joyeusement sur le col en fourrure de Scarlett.

– Impossible de faire garder Brutus, s'est excusée la mère de Georges. On espère qu'il ne vous dérangera pas.

– Pas le moins du monde, a répliqué Scarlett. D'ailleurs, j'adorerais avoir un châle en poils de

saint-bernard ! Et puis vous savez, les animaux, je les adore, mais surtout par douzaines, comme les huîtres et les escargots !

Pendant que tout le monde parlait, Georges et maman s'étaient éclipsés pour revenir chacun avec son sac de voyage.

– Puisque tout est arrangé, on s'échappe en amoureux ! s'est écriée maman.

– Bon week-end, les enfants ! N'oubliez pas de nourrir vos grands-parents et d'être gentils avec les animaux ! a renchéri Georges.

Avec Victor, on les a regardés partir. Moi, j'aime bien les voir heureux. Et puis, il faut bien qu'ils s'habituent à vivre un peu sans nous, on ne sera pas toujours là !

Ma mère est une ado

– Les enfants, nous a dit maman, alors qu'on allait faire des courses. Demain soir, je retrouve des amis d'enfance pour le dîner. On était à l'école ensemble ! On ne s'est pas vus depuis des lustres. On est très heureux !

– Des lustres ? a demandé Victor. Il y avait déjà la lumière, à ton époque ?

– C'est une expression, a fait maman en rigolant, « des lustres », ça veut dire qu'on ne s'est pas vus depuis longtemps.

– Et on les connaît, tes amis ?

– Non, Lulu, moi-même je ne suis pas complètement sûre de les reconnaître !

Ils sont loufoques, les adultes. Moi, je n'aurais jamais eu l'idée d'inviter des gens que je pourrais ne pas reconnaître.

Quand on est rentrés à la maison, maman est allée directement dans sa chambre sans passer par son bureau. Comme ça n'arrive presque jamais, j'ai été intriguée et je l'ai suivie.

J'aime bien m'allonger sur le lit de maman. On feuillette des magazines et on commente les photos. Et puis parfois, on lit l'horoscope. Moi, je suis Taureau. L'autre jour, à la rubrique Forme, il y avait écrit: «Attention au surmenage.»

– C'est quoi le surmenage, maman? je lui ai demandé.

– C'est quand tu travailles trop, Lulu.

– Ah. Je vais ralentir, alors, j'ai déclaré.

Ce soir-là, maman avait sorti plein de vête-

ments de son placard, les avait posés sur son lit et les regardait, pensive.

– Qu'est-ce que tu fais, maman ?

– Tu tombes bien, Lulu. Tu vas m'aider.

– T'aider à quoi faire ? j'ai demandé, un peu perplexe.

– À m'habiller pour la soirée avec mes anciens camarades de classe.

– Tu hésites entre quoi et quoi ?

– Entre ce jean noir et ce blouson en cuir, a fait maman en les mettant devant elle, et ce jean bleu avec cette veste-là.

La veste en question était une parka kaki avec des écussons.

– Et pour les chaussures ? j'ai demandé, un peu méfiante.

– Mes baskets montantes, ou bien mes bottes western pointues.

– Donc, tu veux faire comme si tu étais encore jeune, j'ai fait remarquer.

Maman m'a regardée, un peu surprise. Elle a ouvert la bouche pour parler et l'a refermée sans rien dire.

– Le jean noir et le blouson, mais avec d'autres chaussures, j'ai tranché.

Et je suis remontée dans ma chambre, un peu perturbée de réaliser que maman avait eu mon âge un jour. J'ai allumé la lampe chauffante du terrarium de ma tortue en pensant qu'il fallait vraiment que Madonna profite de son enfance. Comme ça, plus tard, elle n'aura pas besoin de faire semblant d'être jeune, elle.

Quand maman est descendue dîner, elle portait un jean trop large et un sweat-shirt à capuche sur lequel était inscrit: « Sans la musique, la vie serait une erreur. »

– Ça va, ma chérie? a demandé Scarlett, en dévisageant sa fille.

– Très bien, a répondu maman.

– Tu t'es perdue dans la penderie de Lucrèce ? a poursuivi ma grand-mère.

– Très drôle, a grimacé maman. Figure-toi que demain, je retrouve quelques camarades de lycée. On va dîner au café où on allait toujours. Tu sais, celui à l'angle du boulevard, à côté de la boulangerie qui faisait les bons chaussons aux pommes.

Georges, qui préparait la vinaigrette, a levé la tête en souriant. C'est ça aussi que j'aime chez mon beau-père, il ne s'étonne jamais de rien et il est toujours content quand on est heureux.

Le dîner a été joyeux, tout le monde était de bonne humeur et Victor a même proposé à maman de lui prêter son skate pour aller retrouver ses amis.

– Tu me raconteras ! a fait Scarlett à maman en partant. Et surtout, n'oublie pas ton cartable !

Maman a haussé les épaules et je n'ai pas pu m'empêcher de sourire. Elle m'a fait penser à moi quand on me dit quelque chose d'inutile.

Le lendemain, quand je suis descendue prendre mon petit déjeuner, maman était toujours en jean et en baskets. Mais elle s'était aussi affublée d'un pull de Georges dix fois trop grand pour elle.

– Tu vas aller travailler comme ça, maman?

– C'est l'avantage de mon métier, Lulu. Comme je plaide toute la journée, personne ne verra que sous ma robe d'avocate, j'ai seize ans.

Les adultes, s'ils le pouvaient, feraient tout pour arrêter le temps qui passe. Alors que moi, j'envie ceux de mon collège qui passent bientôt au lycée.

Pour commencer la journée, on avait deux heures de français avec M. Rimbaud. C'est un de mes profs préférés. Il explique bien et, même si en grammaire je ne comprends pas toujours tout, je vois qu'il fait des efforts.

Mais quand il est entré en classe, j'ai eu un choc. Il portait un tee-shirt sur lequel on pouvait lire: « On n'est pas sérieux quand on a dix-sept ans. »

– C'est contagieux, j'ai dit tout bas à Coline.

– La grippe? elle a demandé.

– Mais non, le…

– Coline et Lucrèce, je ne vous dérange pas, j'espère, nous a interrompues M. Rimbaud. Reprends le texte où je l'ai laissé, Lucrèce.

J'ai eu très chaud, brusquement. Je crois que j'ai même senti une goutte qui descendait lentement le long de mon dos.

– Heu…

– Parfait parfait, s'est emporté M. Rimbaud. Je peux savoir ce qui vous préoccupe davantage que la scène de Molière que nous sommes en train d'étudier ?

Évidemment, on n'a pas répondu. Je fixais ma trousse comme si un pompier allait en sortir pour éteindre l'incendie qui enflammait mes joues. Quant à Coline, elle ressemblait à un lapin dans les phares, comme dirait Scarlett. Elle avait les yeux écarquillés et elle ne bougeait plus.

–Votre… euh… tee-shirt, elle a articulé finalement.

– Pardon ? a questionné M. Rimbaud.

– On parlait de votre tee-shirt, elle a continué, comme un robot.

Le prof de français s'est tordu la bouche comme s'il cherchait à s'empêcher de rigoler. Je la connais bien, cette grimace-là. Mais moi, on voit tout de suite quand j'ai envie de rire, à cause de ma fossette qui me trahit.

– Vous parliez de mon tee-shirt ? il a repris pour se donner une contenance.

– De ce qu'il y a marqué dessus, j'ai précisé pour venir en aide à Coline.

– Je vois. Vous savez que je ne supporte pas le bavardage. Vous ferez une rédaction à me rendre au prochain cours. Notez le sujet dans vos cahiers de texte, toutes les deux : « On n'est pas sérieux quand on a dix-sept ans. »

On avait échappé au mot dans le carnet de correspondance, et c'était l'essentiel.

– Tu voulais dire quoi tout à l'heure ? a repris Coline dès qu'on s'est retrouvées dans la cour de récré. Qu'est-ce qui est contagieux ?

– Leur envie de rajeunir !

– L'envie de qui ?

– Ma mère s'habille en ado parce que ce soir, elle a un dîner avec d'anciens élèves de sa classe quand elle était au lycée. Et aujourd'hui, t'as vu l'inscription sur le tee-shirt de M. Rimbaud ? Je me demande ce qui cloche en ce moment chez les adultes.

– Ils devraient aller parler avec mon père, a conclu Pauline. Il écoute les gens et après ils ont moins de problèmes. Ou alors ils en ont d'autres, elle a ajouté en rigolant.

Quand je suis rentrée à la maison, maman n'était pas encore là. J'ai goûté tranquillement en regardant un épisode de ma série préférée.

Je n'ai pas trop le droit d'habitude de regarder ma tablette avant d'avoir appris mes leçons. Mais là, vu la rédaction que j'avais à faire, je risquais d'avoir deux saisons de retard si je ne prenais pas un peu d'avance.

Je reconnais maman à sa manière d'ouvrir la porte. En général, elle fait tomber ses clefs, puis son portable sonne. Je ne la vois pas mais je sais qu'elle cherche ses écouteurs, elle parle fort dans son téléphone. À son rire, je peux même deviner sans me tromper à qui elle parle.

– C'est moi ! elle crie toujours. Et elle ajoute : Bonsoir, mes amours, je suis rincée !

Sauf que là, elle n'a rien dit et elle est montée quatre à quatre dans sa chambre.

– Ça va, maman ? j'ai fait en frappant à sa porte, un peu inquiète.

– Entre, Lulu ! Oui, ça va très bien. Je suis en retard. Pour le dîner, j'ai dit à Scarlett que vous pouviez commander des pizzas.

– Et Georges ? Il ne dîne pas là non plus ? j'ai demandé.

– Non. Je vais lui présenter mes copains.

– D'accord, j'ai dit, un peu énervée. Mais je te signale que les pizzas, c'est plutôt le week-end.

Elle m'agace, maman, quand elle nous permet des choses dont on sait qu'elles ne sont pas forcément bonnes pour nous. C'est vrai, chacun sa place et, comme dit Scarlett, *les moutons seront bien gardés*: les adultes, ça fait régner l'ordre, et les enfants, ça impose le désordre.

Et je suis remontée dans ma chambre. Je n'étais pas de très bonne humeur parce que le sujet de la rédaction ne m'inspirait vraiment pas.

Elle est entrée tout doucement.

– Bonsoir, mon amour, elle a fait en m'embrassant. Et ne regardez pas la télé trop tard avec Scarlett.

Elle avait son jean noir, un blouson en cuir et des baskets montantes avec des strass.

– Ne t'inquiète pas, je l'ai rassurée. Il y a les championnats du monde de poker à Las Vegas, et Victor et moi, ça ne nous intéresse vraiment pas.

– J'ai l'impression d'avoir dix-sept ans ce soir ! C'est magique. Tu sais quoi ? Il paraît que le flipper est toujours là ! Ça va être dingue. Je t'aime, ma Lulu !

Et elle est sortie en trombe de ma chambre, sans se rendre compte qu'elle avait oublié ses lunettes sur mon lit. À mon avis, elle avait aussi oublié que, sans lunettes, elle ne peut plus lire la carte d'un restaurant.

J'ai poussé un soupir. Il faut être indulgent avec ses parents.

Au même moment, Coline m'a téléphoné.

– Qu'est-ce que tu vas raconter dans ta rédaction ? Tu connais des gens de dix-sept ans, toi ? elle m'a demandé.

– Eh bien, figure-toi que depuis hier, j'ai une petite idée sur la question.

J'ai pris une feuille et j'ai commencé ma rédaction comme ça :

ASTERIX
ASTERIX
ASTERIX
ASTERIX
PETIT NICOLAS
PETIT PRINCE

«On n'est pas sérieux quand on a dix-sept ans.

C'est ce que j'ai affirmé à maman pour lui dire que je comprenais qu'elle soit heureuse d'aller jouer au flipper dans un café avec ses anciens copains de lycée…»

Sans m'en rendre compte, j'ai rempli une copie double avant de terminer par ces mots:

«… Bien sûr, j'espère qu'elle ne rentrera pas trop tard et qu'elle n'oubliera pas qu'elle fume maintenant une cigarette électronique: ce serait dommage de l'écraser sur un trottoir.»

Puis Scarlett est arrivée et on a commandé des pizzas.

– Tu veux m'empoisonner, Victor? a demandé ma grand-mère quand il a sorti des sodas du réfrigérateur. Donne-moi plutôt la bouteille de vin rouge qu'on a ouverte hier.

On a commencé à regarder le poker à la télé mais j'ai vite préféré aller lire des histoires à Madonna. L'éducation, ça passe aussi par là.

– Tu devrais t'occuper un peu de la culture de ton lapin, j'ai suggéré à mon frère.

Patrice mon ours en peluche d'un côté, Oscar mon cochon en crochet de l'autre, je me suis endormie assez vite avec le sentiment, ce soir-là au moins, d'être plus mûre que maman.

Je ne l'ai pas entendue rentrer.

Le lendemain matin, au petit déjeuner, maman était très élégante, en tailleur et talons hauts.

– T'es drôlement chic, je lui ai fait remarquer.

Elle a souri d'un sourire de petite fille qui m'a fait fondre.

– Tu sais quoi ? elle m'a dit. Finalement, la vie est bien faite. C'est épuisant, la jeunesse.

– Normal, j'ai dit en me servant un bol de céréales. *On n'est pas sérieux quand on a dix-sept ans*.

Maman m'a regardée, j'ai vu qu'elle était très étonnée.

Et puis dans un éclat de rire, elle a ajouté :

– Je leur ai mis une vraie raclée au flipper, on se revoit la semaine prochaine !

Moi, quel que soit son âge, maman, je l'aime !

Le pont

Cette année, le 1er Mai tombe un jeudi, et le prof de français, qui est aussi notre professeur principal, nous a annoncé que le collège serait fermé le vendredi.

– En voilà une bonne nouvelle ! s'est exclamé Eliott.

– Ce n'est pas comme si tu te tuais à la tâche non plus, Eliott. Disons que là, tu pourras te rendormir dans ton lit et non en cours, a répondu M. Rimbaud.

À la récré, Pauline, Coline, Aline et moi, on s'est retrouvées toutes les quatre.

– Et si on passait le pont ensemble ? a suggéré Aline.

– Le pont qui va de où à où ? a demandé Coline qui prend toujours les mots au pied de la lettre.

– T'es loufoque, toi, j'ai rigolé. Le pont, c'est un long week-end.

– Je vais chez mes grands-parents, a ajouté Pauline. Ils ont une immense maison. Et si on y allait toutes les quatre ?

Évidemment, pendant l'heure de maths qui a suivi, je ne pensais plus qu'à ça : un week-end entier avec les Lines !

Pauline habite tout près de chez moi, et on fait toujours le trajet ensemble.

– Comment on s'organise ? j'ai demandé. Tu demandes à tes grands-parents ?

– J'en parle à mon père ce soir et il appellera ses parents, a répondu Pauline sûre d'elle.

Quand maman est rentrée, je l'attendais

derrière la porte. Je l'ai aidée à enlever son manteau.

– J'ai mis la table, maman. Et j'ai même acheté le pain que tu aimes, j'ai précisé avec mon plus beau sourire.

– Tu as eu une mauvaise note ?

– Mais pas du tout ! Comment tu peux imaginer une chose pareille ?

– Je me demande ! a fait maman.

Après le dîner, j'ai débarrassé la table sans me disputer avec Victor. J'ai même rangé la glace dans le congélateur.

– Tout va bien, Lulu ? m'a demandé Georges d'un air inquiet.

– Très bien, Georges ! Figure-toi que je vais peut-être être invitée à passer un long week-end à la campagne chez les grands-parents de Pauline.

– En voilà une bonne idée ! s'est exclamée Scarlett. Le grand air va me faire du bien.

– Enfin, Scarlett, c'est moi qui suis invitée !

– Je sais, mais je te rappelle que la vie sans moi est beaucoup moins drôle. Comme disait le poète, *un seul être vous manque et tout est dépeuplé.*

Maman nous écoutait, l'air absent. À mon avis, elle a une affaire compliquée à plaider demain.

– Tu serais d'accord, maman ? j'ai demandé.

– D'accord pour quoi mon poussin ?

– Pour me laisser aller passer le week-end du 1er Mai chez les grands-parents de Pauline.

– Oui, bien sûr, pourquoi pas ? elle a répondu, un peu évasive, en feuilletant un dossier qui était très épais.

– Et tu me prêteras ta jolie petite valise rouge ? j'ai ajouté.

– Pour aller où ? a demandé maman sans lever les yeux de ses papiers.

– Mais chez les grands-parents de Pauline ! Je viens de te le dire.

Maman a refermé son dossier, enlevé les lunettes qu'elle met pour lire depuis qu'elle est vieille et m'a dit :

– Mais enfin, Lucrèce, tu n'y penses pas ! On ne connaît absolument pas les grands-parents de Pauline et il est hors de question que tu ailles chez des gens que je n'ai jamais vus. Tu es trop jeune, n'en parlons plus.

C'est comme si le ciel m'était tombé sur la tête, une expression de l'un de mes cousins !

Scarlett, voyant que l'ambiance n'était plus au beau fixe, s'est levée et a rajusté Igor, son renard.

– Mes amours, je vais vous laisser, je dois passer boire un verre chez Gérard.

Et elle s'est éclipsée sans demander son reste.

Moi, je suis montée dans ma chambre, partagée entre la colère et la tristesse. Je ne suis pas du genre à me résigner, mais je connais maman et je sais qu'elle ne changera pas d'avis.

J'avais un message de Pauline : « *Lulu, mon*

père va appeler ta mère pour parler du week-end.»

«*Pas la peine*, j'ai répondu, *elle ne veut pas*.»

Ont suivi des tonnes de petits cœurs et de ronds jaunes qui pleurent.

Le lendemain, au collège, j'avais le cœur gros.

– J'ai eu mes grands-parents. Mon grand-père viendra nous chercher en voiture mercredi en fin d'après-midi et nous ramènera dimanche soir, a annoncé Pauline.

– Ce sera sans moi, j'ai dit. Ma mère ne veut pas.

– Ne t'inquiète pas, Lulu, mon père saura la convaincre !

La journée est passée très lentement. J'avais encore un espoir. Je comptais sur le père de Pauline, qui est médecin. Il soigne les gens en les faisant parler, il travaille chez lui, ce qui n'est pas très pratique pour Pauline qui ne doit jamais faire de bruit.

Ce soir-là, maman est rentrée plus tôt que d'habitude. Elle n'avait pas l'air très bien.

– Tu veux que je te prépare un thé ? je lui ai demandé gentiment.

– Volontiers, mon poussin. Dure journée, il y a des jours où j'ai envie de changer de métier.

– Moi aussi, j'ai répondu.

Maman a souri, il n'y a que moi qui arrive à la faire sourire comme ça.

– Au fait, Lulu, j'ai eu un message du père de Pauline. Je vais le rappeler pour lui dire que vraiment il n'est pas question que tu ailles passer quatre jours chez des gens que je ne connais pas.

– Ah ? j'ai fait du ton de celle qui n'y pensait plus.

À ce moment-là, le téléphone de maman a sonné. Je crois qu'elle est la seule à avoir cette sonnerie, c'est la musique d'un film de son époque.

– Allô ? Oui, c'est bien moi. Ah ! Bonjour !

Elle s'est assise dans le canapé du salon, ses écouteurs vissés dans les oreilles. Elle avait l'air

détendue, elle parlait beaucoup. Moi, je ne suis pas du genre à écouter les conversations des adultes. Mais là, j'ai assez vite compris que c'était le père de Pauline. Alors, je me suis installée dans l'escalier, pas pour écouter, mais pour me tenir informée.

Ils ont parlé presque trois quarts d'heure, j'ai failli m'endormir assise sur la marche.

Dès que maman a raccroché, j'ai filé dans ma chambre. Pas question qu'elle imagine que je l'espionne, ce n'est pas mon genre.

On était mardi, le fameux pont commençait le lendemain. Si maman devait changer d'avis, il fallait qu'elle se dépêche.

– Les enfants ! elle a crié dans l'escalier, n'oubliez pas que ce soir on dîne chez Olga !

Victor est sorti de sa chambre comme une fusée.

– C'est une blague ?

– Non, Victor, ce n'est pas une blague. Et s'il te plaît, mets des vraies chaussures pour une fois, pas tes baskets en fin de vie.

– Moi, je suis bien contente, maman, j'ai dit en me penchant dans l'escalier.

– Tais-toi, espèce de grosse fayotte ! a glapi mon petit frère.

– Georges nous retrouve chez Olga, a précisé maman d'une voix fatiguée.

La soirée s'est finalement bien passée. J'ai été particulièrement gentille. Scarlett et Olga se sont un peu disputées, comme toujours. Elles sont vraiment d'une immaturité ridicule.

Quand je me suis couchée, maman est venue m'embrasser. Ce sont les enfants qui attendent le moment où on vient les border dans leur lit. Moi, maintenant que je suis une ado, quand maman vient m'embrasser je fais semblant de dormir. Mais ce soir-là, j'avais les yeux grands ouverts.

– Bonne nuit, mon amour, a murmuré maman en déposant quelque chose dans ma chambre, que la pénombre m'empêchait d'identifier.

– Bonne nuit, maman.

– Je te prête ma petite valise rouge. Tu verras, pour quatre jours, elle est parfaite !

J'ai rallumé la lumière d'un coup et j'ai serré maman de toutes mes forces contre moi.

– Merci merci merci ! Je suis tellement heureuse de partir avec les Lines !

– Je suppose que c'est ça d'avoir son bébé qui grandit, a fait maman, les yeux brillants et la voix un peu tremblante. Dors bien, mon poussin. Vous partez demain en fin de journée.

Et elle a éteint la lumière en me caressant les cheveux.

– Je t'aime, maman.

– Moi aussi, mon amour.

Elle est sortie de ma chambre en refermant tout doucement la porte.

J'ai immédiatement envoyé un message à

Pauline même si je n'ai pas trop le droit d'utiliser mon téléphone tard le soir.

«*Je ne sais pas ce que ton père a dit à ma mère, mais demain je pars avec vous !*»

Réponse immédiate de Pauline : «*Il n'a pas dit grand-chose, il l'a surtout écoutée, c'est son métier !*»

Évidemment, j'ai eu un mal fou à m'endormir. Je passais en revue dans ma tête tous mes habits pour sélectionner ceux que j'allais emporter.

C'est Georges qui m'a réveillée en toquant à ma porte.

– Lulu ! Lulu ! Tu ne vas pas à l'école ?

Je n'avais pas entendu mon réveil. J'ai juste pu grommeler, avant de sauter dans mon jean et de chausser mes baskets :

– Non, Georges. Je ne vais pas à l'école, je vais au collège.

On avait deux heures d'histoire-géo, une heure d'anglais et une heure de musique.

J'aime bien l'histoire, et la prof, Mme Magellan, est intéressante, mais là, j'avoue que j'avais un mal fou à me concentrer. En anglais, on a

L'art de la fugue
Jean-Sebastien
BACH

eu un contrôle sur les verbes irréguliers et en musique, la prof nous a parlé de Jean-Sébastien Bach, un compositeur qui a fait des fugues.

– Comme ma grand-mère, j'ai fait remarquer.

Toute la classe a rigolé.

– Que dis-tu, Lucrèce ? Tu as quelque chose à ajouter ? m'a demandé la prof d'un air faussement patient.

– Lucrèce racontait que sa grand-mère aussi a fait des fugues, s'est empressé de répéter Eliott.

La prof de musique a exigé que je lui apporte mon carnet de correspondance à la fin du cours. La catastrophe ! Pile aujourd'hui, alors que maman me laisse partir avec les Lines.

Quand ça a sonné, j'ai essayé d'échapper à la vigilance de Mme Bizet, mais elle m'a appelée.

– Lucrèce ! Ton carnet !

Je le lui ai tendu en baissant la tête, anéantie.

– Je suis désolée, madame.

– Il fallait réfléchir avant d'être insolente!

En sortant, je n'ai même pas voulu lire ce qui allait sans doute être la cause de l'annulation de mon week-end. Maman ne rigole pas avec les mots dans le carnet. Elle nous dit toujours, à Victor et à moi, que si les criminels et les gangsters qu'elle défend en sont là, c'est parce que leurs parents n'ont pas été assez vigilants avec les mots dans le carnet de correspondance.

J'ai annoncé aux Lines qu'il y avait de fortes chances que je ne vienne pas avec elles ce week-end.

Tous les mercredis, maman déjeune avec moi. J'aime bien ce moment avec elle. Mais aujourd'hui, je m'en serais passée !

– Tu en fais une tête, Lulu ! elle a dit en me voyant.

– J'ai eu un mot dans mon carnet, maman.

– Quoi ? elle s'est exclamée. Lucrèce, tu sais que c'est très grave et que si les parents des...

– ... Des bandits que tu défends avaient eu des parents vigilants, ils n'auraient pas cambriolé des banques ! je l'ai interrompue.

– Exactement ! Donne-moi ce carnet.

Que je n'aime pas ce moment ! J'ai l'impression d'être une accusée, et j'attends le verdict qui va m'envoyer casser des cailloux au bagne.

Maman a soupiré en s'asseyant dans l'un des fauteuils du salon. Elle a mis ses lunettes, a ouvert le carnet et a éclaté de rire.

– Qu'est-ce qu'il y a de drôle ? j'ai fait, méfiante.

– Lulu ! Décidément, bon sang ne saurait mentir. Mon père aurait été fier de toi.

Elle m'a lu ce que la prof de musique avait écrit :

« Alors que j'essaye d'inculquer à mes élèves quelques notions fondamentales de musique classique, Lucrèce fait rire ses camarades en annonçant que, comme Bach, sa grand-mère fait des fugues. »

– Donc je peux quand même passer le week-end avec les Lines ? j'ai demandé.

– Évidemment ! Je t'aide à faire ta valise ?

En fin d'après-midi, c'est Scarlett qui m'a déposée chez Pauline.

– Elles partent avec mon père qui sera là d'une minute à l'autre, a annoncé le père de Pauline qui venait de raccompagner un de ses patients.

– Vos parents sont adorables de les emmener en Normandie, a dit Scarlett. Elles vont bien s'amuser.

– Et je crois qu'il va faire un temps superbe, a renchéri le père de Pauline.

Ils sont marrants, les adultes, avec la météo, comme si c'était important. Nous, qu'il pleuve ou qu'il y ait du soleil, on est toujours heureuses d'être ensemble.

– Ah ! Voilà mon père ! Pauline, va ouvrir à ton grand-père !

– Bonjour, les enfants !

– Bonjour, monsieur, on a dit toutes les trois d'une seule voix.

– Ah non ! Pas de « monsieur » qui tienne. Je m'appelle Charles !

– Bonjour, Charles, a fait Scarlett d'une voix un peu rauque. Vous allez vous en sortir avec les enfants ? Je peux vous accompagner, si vous voulez !

– C'est très gentil, a répondu Charles en faisant un baisemain à ma grand-mère. Mais ça devrait aller. Yvonne, ma femme, fait la cuisine depuis trois jours !

Charles avait garé sa voiture devant l'immeuble de Pauline. On est tous descendus. J'ai embrassé Scarlett qui a fait semblant d'essuyer une larme.

– Tu vas me manquer, Lulu ! elle a gémi.

– Ne vous inquiétez pas, madame, a dit Charles gentiment. Votre petite-fille ne voudra plus rentrer !

– Qu'est-ce qui vous fait penser que c'est ma petite-fille ? s'est écriée Scarlett vexée. Vous voyez bien que j'ai à peine l'âge d'être sa mère.

–Vous avez raison ! Je suis impardonnable, s'est excusé Charles en souriant. En route !

Pauline est montée devant, à côté de son grand-père, et moi je me suis assise entre Aline et Coline.

– Prêtes pour l'aventure ?

– Prêtes ! on a dit d'une seule voix.

C'est alors que mon téléphone a tinté. Il y avait un message de maman :

« Amuse-toi bien, mon amour. Je t'aime au-delà des mots. »

Charles m'a regardée dans le rétroviseur. Je suis sûre qu'il a vu que j'avais les yeux qui brillaient.

Mais il ne faut pas se fier aux apparences, je ne suis plus une enfant qui pleure quand elle quitte sa maman. Je sens que ce pont, je vais le traverser à cent à l'heure !

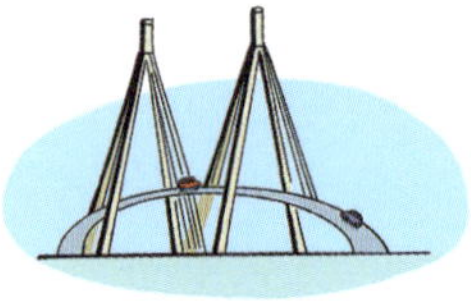

La mer

Il faisait nuit quand on est arrivés. Charles écoutait de la musique, moi j'ai somnolé.

Après le délicieux dîner qu'elle nous avait préparé, Yvonne nous a dit :

– Je vous montre votre chambre, suivez-moi.

On est montées tout en haut de la maison. Le grenier était aménagé en dortoir. Il y avait quatre lits qui avaient l'air douillets.

– Merci, grand-mère ! s'est exclamée Pauline en lui sautant au cou.

On était évidemment très heureuses de dormir toutes les quatre ensemble, mais on était tellement fatiguées qu'on n'a même pas eu le temps de discuter.

Le lendemain matin, c'est Aline qui s'est réveillée la première.

– Regardez ! On est juste au bord de la mer !

– Ben oui, a fait Pauline en rigolant. Tu pensais qu'en Normandie, il y avait des montagnes ?

On est descendues prendre le petit déjeuner. J'avais l'impression que c'était les grandes vacances et qu'on était parties très loin.

La table était dressée devant la maison, face à la mer.

Il devait y avoir au moins cinq sortes de confitures, des brioches, du pain frais, du beurre salé.

– Ça, c'est un petit déjeuner, j'ai dit.

– Tu dois savoir que Pauline ne plaisante pas avec la nourriture, a souri Yvonne.

– Vous avez des bottes ? a demandé Charles.

– Non, moi je n'en ai pas, a répondu Coline.

– Moi non plus, on a ajouté Aline et moi d'une seule voix.

– Donnez-moi vos pointures, je vais vous trouver ça, a dit Yvonne. Avec tous nos petits-enfants, on pourrait ouvrir un magasin de chaussures !

– Des bottes pour aller à la plage ? j'ai fait, un peu étonnée.

– Oui ! Pour aller à la plage, mais à cheval ! a rigolé Charles.

Alors là, je ne m'y attendais pas du tout.

– C'est que…

– C'est que quoi, Lucrèce ? a souri Charles gentiment.

– C'est que je n'ai jamais fait de cheval !

– Il faut un début à tout ! il a proclamé.

Pauline m'a rassurée en me disant que les chevaux étaient très gentils et qu'ils ne s'emballaient pas, que je ne craignais rien.

Coline n'a jamais peur de rien, même pas de Mme Ouate, la prof d'anglais. Aline, elle, fait du poney tous les samedis.

– Je préfère vous regarder, j'ai dit.

– Quel dommage ! s'est écrié Charles. Tu te prives d'une sensation exceptionnelle. Mais je n'insiste pas. Il ne faut surtout pas forcer les enfants à monter à cheval s'ils n'en ont pas envie.

– Les enfants ? j'ai dit. Mais moi je ne suis plus une enfant. Je suis au collège depuis cette année, et je crois que finalement, j'ai bien envie d'essayer !

– Magnifique ! a applaudi Charles.

Yvonne a trouvé des bottes pour tout le monde et Charles nous a emmenées en voiture dans un club hippique tout près de chez lui.

– Nous y voilà ! Pauline va vous faire visiter les lieux. Elle est ici comme chez elle.

Effectivement, Pauline disait bonjour à tout le monde et caressait les têtes des chevaux qui dépassaient des box.

– Ici, il y a beaucoup de chevaux de course à la retraite, il a précisé.

Quand j'étais petite, l'année dernière, Scarlett m'avait emmenée aux courses. J'avais été très impressionnée par la vitesse des chevaux.

– Finalement, je crois que je vais vous regarder, j'ai déclaré en me souvenant des chevaux au triple galop.

Charles a rigolé.

– Ne t'inquiète pas ! Ce ne sont pas ceux que vous allez monter.

Cinq chevaux nous attendaient. Le grand-père de Pauline a fait les présentations.

– Voici Tornade, Furieux, Tempête, Cyclone et Rafale.

– Ah oui…, j'ai murmuré. Moi, je crois que les prénoms influencent la personnalité.

– Tu as peut-être raison, Lucrèce, a fait Charles en souriant, mais je réponds de ces chevaux. Les enfants, mettez les bombes qui sont là !

Je dois dire que le mot «bombe» a achevé de me paniquer. Même si je sais que c'est comme ça qu'on appelle les casques que portent les cavaliers.

Aline et Pauline étaient déjà à cheval alors que Coline et moi, on n'arrivait même pas à se hisser sur l'animal.

Moi, on m'avait attribué Furieux.

– Tu verras, m'a dit gentiment la jeune fille qui s'occupait des chevaux, Furieux, il est doux comme un agneau. Donne-moi ta jambe, je t'aide, elle a ajouté.

Je n'avais jamais vu la vie de si haut et je dois dire que ça m'a plu.

Charles a pris la tête du cortège. J'étais juste derrière lui et Pauline fermait la marche avec Cyclone. On a tourné à droite en sortant du club hippique et on s'est immédiatement retrouvés sur la plage.

Je n'avais jamais éprouvé une telle sensation de liberté. Heureusement, Aline avait pris son téléphone et elle a pu nous photographier. On a même marché dans l'eau !

À un moment donné, j'ai senti comme un flottement. Ma selle ne tenait plus bien. Elle était en train de tourner.

– Charles ! j'ai crié.

Il a immédiatement fait demi-tour pour s'approcher de moi.

– Je vois, il a dit. Laisse-moi faire. Il faut ressangler ton cheval. Vous voulez galoper un peu ?

– Pas question ! j'ai répondu sans hésiter.

Pauline et Aline se sont placées derrière Charles, Coline et moi on est restées un peu en arrière et ils sont partis au galop. Ça faisait envie et peur en même temps.

Mon cheval a eu envie d'accélérer. Charles m'avait expliqué que pour ralentir, il fallait tirer sur les rênes, ce que j'ai fait mais sans grand succès. Alors je me suis laissée aller, et je crois que si j'avais eu des ailes, je ne me serais pas sentie plus libre.

Furieux allait tellement vite que je me suis accrochée à sa crinière pour ne pas tomber. J'avais bien compris que les chevaux sont toujours très contents de retourner à l'écurie !

Quand on est rentrés à la maison, j'étais fatiguée mais très fière de moi.

– Cette après-midi, on va se baigner ! a annoncé Yvonne. Et ce soir, les enfants de ma sœur viennent dîner. Ça promet une joyeuse tablée !

J'ai envoyé la photo de moi à cheval à maman, à Georges, à Victor, à Scarlett et à papa qui, j'espère, la montrera à Boubé, mon autre grand-mère. Pour maman, j'ai ajouté une image de muguet. C'est le 1er Mai quand même !

Les réactions n'ont pas traîné. Victor m'a répondu que je ressemblais à un crapaud, Georges et papa qu'ils étaient fiers de moi, maman m'a envoyé des tonnes de petits cœurs roses et de poussins jaunes et blancs. Il faudra

d'ailleurs que je lui dise d'arrêter, je suis au collège maintenant.

Scarlett, elle, a juste écrit: «*À très vite, ma Lulu.*»

L'après-midi a été délicieuse. La plage est immense, l'eau n'était pas très chaude mais comme il y avait des vagues, ça nous a réchauffées de sauter dedans.

Yvonne nous a apporté un goûter sur la plage.

– Ah! J'ai failli avoir faim! s'est exclamée Pauline.

On est restées sur la plage jusqu'au coucher du soleil. Pour une fois que Scarlett n'est pas là pour me dire que le soleil donne des rides, je me suis allongée sur une serviette pour bronzer.

– Vous allez voir mes cousins ce soir. Ils sont sympas! a déclaré Pauline.

– Ils ont notre âge? a demandé Aline.

– Oui, à peu près!

J'ai pris un long bain et ensuite j'ai voulu téléphoner à maman, mais je suis tombée sur sa messagerie. C'est dingue ça, dès que je m'absente, il faut qu'elle sorte! À tous les coups, elle a emmené Victor dans ce parc d'attractions que j'aime tant. Même si je suis trop grande pour tout ça, je veux bien me sacrifier pour monter sur les manèges à sensations fortes.

– Les enfants ! a crié Charles dans l'escalier. Tout le monde est arrivé !

On est descendues en courant toutes les quatre et ça faisait le bruit d'un troupeau de bisons dans l'escalier en bois.

– Je vous présente Olivier, Pierre et Aymar, a déclaré Pauline en désignant ses trois cousins.

– Et leurs parents ! a précisé une dame très souriante en embrassant Pauline.

– J'ai préparé une table pour vous, les enfants. Comme ça, chacun ses conversations !

– Merci, tante Yvonne ! s'est écrié le plus grand des trois cousins.

Charles était discrètement en train de se gaver de petits gâteaux apéritifs en buvant du champagne quand il a été surpris par sa femme. Il m'a rappelé Scarlett.

– Allons, Charles, elle a grondé. Apprends à résister !

J'étais un peu timide avec les trois cousins.

– Bonjour, a souri le plus grand. Moi, c'est Olivier. Et toi ?

– Heu… Lucrèce…

– C'est donc toi, la fameuse Lucrèce, la grande amie de Pauline ! Elle m'a beaucoup parlé de toi. Figure-toi qu'on a un point commun.

– Ah bon ? j'ai bredouillé. Lequel ?

Il faut dire qu'Olivier est au moins aussi beau que Ruben.

– Eh bien, moi aussi j'ai une tortue !

Et on s'est assis tous les deux dans un petit canapé en velours, un peu à l'écart de ses frères et des Lines.

– Comment elle s'appelle ? j'ai réussi à articuler.

– Ronaldo ! Et la tienne ?

– Madonna. C’est bizarre Ronaldo, pour une tortue !

– Oui, alors que Madonna, c’est normal ! il a rigolé.

Ce rire… Je crois que je n’avais jamais rien entendu de plus beau.

Les Lines avaient commencé une partie de cartes avec Pierre et Aymar. Je les entendais de loin, comme si j’étais dans une bulle.

– Dis-moi, est-ce que Madonna aime le trèfle ? m’a demandé Olivier en souriant.

– Oui, et aussi les tomates cerises.

– Tu ne voudrais pas qu’on les présente ?

Je n’y croyais pas ! Olivier me proposait de le revoir.

– Oh oui ! je n’ai pas pu m’empêcher de m’écrier.

– Ronaldo et Madonna, ils vont déjà bien ensemble !

Et puis je n’ai plus rien dit. Entre l’équitation, la plage et la rencontre avec Olivier, j’étais tout d’un coup épuisée.

Le bruit de la sonnerie de la porte m'a ramenée à la réalité.

– Lucrèce ! a appelé Charles, viens voir qui arrive !

À regret, je me suis levée, laissant Olivier tout seul.

Yvonne était allée ouvrir, et Scarlett est entrée, cachée derrière un énorme bouquet de muguet.

– Scarlett ? je me suis exclamée. Mais qu'est-ce que tu fais là ?

– Ta grand-mère m'a téléphoné cette après-midi quand vous étiez à la plage, a expliqué Yvonne. Figure-toi que par le plus grand des hasards, elle passe le week-end dans la région. Il n'était pas question qu'elle ne nous honore pas de sa présence. Entrez, Scarlett !

J'étais sidérée.

– Lulu ! Comme tu as bonne mine ! Tu n'as pas un peu grandi ?

– T'es loufoque ? Je te rappelle qu'on s'est quittées hier soir !

– Quel bonheur d'être au bord de la mer. Tu sais que la lumière, c'est très important pour le moral. Il faut s'exposer !

– Enfin, Scarlett, tu me répètes depuis que je suis petite que le soleil donne des rides !

– Justement ! Il faut trouver de la lumière sans soleil. C'est tout un art, d'avoir une belle peau. Tu vois, moi, quand je serai vieille, je n'aurai pas de rides.

Yvonne écoutait Scarlett très attentivement.

– Comme vous avez raison ! Nous avons vécu à Londres ! Et j'ai dit à Charles qu'il était temps de rentrer retrouver la lumière de nos côtes normandes !

– Une coupe de champagne, chère amie ? a demandé Charles en s'adressant à Scarlett.

– Pour une fois, j'accepte ! a acquiescé Scarlett.

Avant de passer à table, je me suis isolée avec ma grand-mère.

– Donc tu étais dans la région complètement par hasard ?

– Mais oui, Lulu ! Figure-toi que Gérard a de la famille par ici.

– Gérard, ton fiancé qu'on n'a jamais vu ?

– Exactement ! Il veut me présenter à sa mère ! Tu te rends compte, ça devient sérieux.

– Sa mère ? je me suis étonnée. Mais elle a quel âge ?

– Enfin Lulu, ce n'est pas une question qu'on pose, voyons ! s'est récriée Scarlett.

Et elle s'est assise à côté du père d'Olivier en lui adressant son plus joli sourire.

– À table ! a crié Yvonne.

Olivier s'est assis à côté de moi. Aline avait l'air de bien s'entendre avec Aymar.

Pierre, le plus petit, était vraiment drôle. Il connaissait par cœur des tas de répliques de films.

La mère d'Olivier me faisait penser à maman et tout d'un coup, j'ai eu très envie de parler à maman. C'est vrai que je suis au collège et que je n'ai plus de cartable mais un sac à dos, mais là je réalise que ça doit être difficile pour maman de me voir grandir. Elle sait sûrement

qu'un jour je vais tomber amoureuse, partir de la maison et me marier.

– Ça va, Lucrèce? m'a demandé Olivier gentiment. Tu es toute pâle.

– Oui! Tout va bien, je pensais à ma tortue. Il faut que j'appelle ma mère pour m'assurer qu'elle lui a bien donné sa salade.

Je me suis levée de table en m'excusant. Je suis montée dans notre chambre et j'ai téléphoné à maman.

– Allô maman, c'est moi, c'est Lulu!

– Mais oui, je sais que c'est toi, mon poussin. Comment ça se passe?

– Très bien maman. J'avais juste envie d'entendre ta voix! Je t'aime.

– À dimanche, mon amour! a répondu maman.

On a raccroché, et je lui ai envoyé une tonne de petits cœurs et de petits poussins.

J'ai senti qu'elle avait besoin d'être rassurée. Je suis redescendue et je me suis rassise à côté d'Olivier.

– Tout va bien, j'ai déclaré d'une voix ferme. Le problème avec les parents, c'est qu'ils oublient parfois les consignes qu'on leur donne.

– Je connais ça, a répliqué Olivier. Je ne suis jamais tranquille pour Ronaldo quand je ne m'en occupe pas moi-même. Pauline me disait que tu étais là jusqu'à dimanche. Moi, je pars demain. On pourrait se revoir ?

– Pourquoi pas ? j'ai répondu en prenant l'air le plus détaché possible.

Avant de faire des projets, je me suis dit qu'il fallait profiter du moment présent. Et puis, on a beaucoup de choses à partager. Les tortues, c'est un sujet inépuisable.

Mon cœur battait à l'allure des chevaux qui galopaient ce matin sur la plage. Décidément, je m'en souviendrai, de ce pont !

Émotions

On s'est couchés tard ce soir-là. Après le dîner, on est restés dehors et on a joué à un jeu. On tire une carte dans une boîte et on incarne le personnage indiqué sur la carte. Les autres doivent deviner qui on est. Alors on pose des questions, et on rigole beaucoup. Par exemple, Pauline était la reine Marie-Antoinette, mais comme elle n'est pas très forte en histoire, elle ne savait plus très bien à quel siècle elle avait vécu. Ses réponses étaient plutôt approximatives, ce qui faisait même rire les adultes qui écoutaient sans en avoir l'air.

– Est-ce qu'à ton époque, les courses automobiles existaient ? a demandé Aymar.

– Heu…, a hésité Pauline. Peut-être. Ça dépend des automobiles.

Moi, j'étais un footballeur.

– J'ai gagné la Coupe du monde ! j'ai précisé.

– En quelle année ? m'a demandé Olivier.

– En 2018 !

Et tout le monde s'est mis à donner des noms de footballeurs, sauf Aline qui préfère les acteurs de cinéma.

– J'ai écrit des opéras ! a glapi Aymar.

– Zidane ? a suggéré Aline qui a toujours un train de retard.

Moi, je n'étais pas très concentrée. C'était étrange, j'aurais voulu briller aux yeux d'Olivier et deviner tous les personnages. Pourtant je n'en trouvais aucun et je ne pensais qu'à lui.

Scarlett s'est très bien entendue avec Yvonne. Elles ont convenu de se revoir le lendemain.

Une fois dans notre chambre, les Lines m'ont bombardée de questions.

– T'es amoureuse, Lulu ? m'a demandé Aline.

– Tu vas le revoir ? a poursuivi Coline.

– C'est vrai qu'on est beaux, dans la famille ! a conclu Pauline avec la modestie qui la caractérise.

J'ai réfléchi avant de répondre. C'est sérieux comme question.

– Vous savez que j'aime beaucoup Ruben ?

– Oui, bien sûr ! s'est écriée Coline. Difficile de ne pas le savoir !

– Mais je dois dire qu'Olivier a quelque chose en plus, j'ai ajouté en prenant un air mystérieux.

– Quoi ? ont-elles demandé d'une seule voix.

– Une tortue !

Un silence a suivi cette information.

– Ruben ne pourra pas lutter, a déclaré Aline finalement.

On aurait bien poursuivi la conversation mais, sans même s'en rendre compte, on s'est endormies, vaincues par les émotions de la journée.

À mon réveil, j'avais un message de maman avec une photo de Madonna qui dévorait une tomate cerise.

Je me suis dit que mon absence ne lui coupait pas l'appétit. Ça m'a rassurée et en même temps, j'ai eu un petit pincement au cœur.

Il était tard et les Lines dormaient encore.

Je me suis habillée sans faire de bruit et je suis descendue. J'avais faim !

–Tiens, Lucrèce ! Tu es la première, a souri Yvonne.

J'aime beaucoup Yvonne. C'est une grand-mère normale. Elle ne fait pas semblant d'avoir eu vingt ans l'année dernière, elle fait très bien la cuisine, elle est rassurante, le contraire de Scarlett.

– Le petit déjeuner est dans le jardin.

Sans doute attirées par l'odeur du pain grillé et du chocolat chaud, les Lines sont arrivées, encore ensommeillées.

– Prêtes pour l'aventure ? a demandé Charles qui arrachait les mauvaises herbes dans le gravier.

– La dernière fois que vous avez dit ça, on s'est retrouvées sur des chevaux, a fait remarquer Coline.

– Eh bien, cette fois, c'est en bateau que je vous emmène, a annoncé Charles joyeusement.

J'ai failli avaler mon chocolat de travers !

– Un bateau comment ? j'ai demandé.

– À voile ! Vous allez voir, c'est merveilleux, c'est la liberté !

Pauline a souri à son grand-père. J'ai eu envie de voyager dans ce sourire. Il faut dire que je n'ai connu aucun de mes grands-pères. J'ai bien celui de Victor, mais il a beau dire qu'il ne fait aucune différence entre nous, moi je sais qu'il préfère mon frère.

– Tu te trompes, Lulu, me dit Georges à chaque fois. C'est juste une histoire de complicité entre hommes.

Alors, si j'imaginais un grand-père idéal, c'est vrai qu'il ressemblerait à Charles comme un frère jumeau.

Yvonne nous a préparé un pique-nique qu'elle a mis dans une glacière.

– Amusez-vous bien ! Moi, je déjeune avec ta grand-mère, Lucrèce.

– Vous n'allez pas vous ennuyer non plus, j'ai fait remarquer.

– En route, mauvaise troupe ! a lancé Charles.

– Il est où votre bateau ? j'ai demandé.

– Au port ! Où veux-tu qu'il soit ?

On a pris la voiture, et cette fois-ci je me suis assise à côté de Charles.

Le trajet m'a semblé court. J'aime bien écouter Charles raconter sa vie. On est arrivés dans un joli port. On s'est dirigés vers le quai où le voilier était amarré.

– Enlevez vos chaussures, nous a ordonné Charles. Un bateau, ça se respecte comme un humain. Toi, Pauline, aide-moi.

On les a regardés s'affairer. Je ne comprenais pas tout ce qui se passait. Ils faisaient des nœuds, défaisaient des nœuds, tiraient sur des cordes. On est sortis du port en mettant le moteur en marche.

Le temps était magnifique. J'avais l'impression que le collège, la maison et maman étaient à des années-lumière.

Avec les Lines, on s'est allongées à l'avant du bateau pour bronzer.

– Quelqu'un veut tenir la barre? a appelé Charles.

– Moi, moi, moi, moi! on a crié.

– Lucrèce, on commence par toi! Viens!

Charles m'a montré comment diriger le bateau. Je n'en revenais pas de piloter seule ce grand voilier. J'étais surtout très fière qu'il me fasse confiance. Je me suis concentrée pour suivre la trajectoire fixée par la boussole sur le tableau de bord. C'était difficile et passionnant.

Quand j'allais raconter ça à maman!

Un peu plus tard, on a jeté l'ancre et on a sorti le pique-nique de la glacière. Il n'y avait pas de vagues.

– On n'a rien à envier à la Méditerranée ! a déclaré Charles en rajustant sa casquette de capitaine.

Les sandwichs et la salade de riz étaient délicieux. C'est bizarre parce que chez moi, je déteste ça, la salade de riz. Pendant qu'on déjeunait, Charles nous a demandé ce qu'on voulait faire plus tard. Tout d'un coup, j'ai été intimidée et je me suis sentie rougir comme quand je dois réciter un poème en classe.

– Moi, je veux être dentiste ! a déclaré Aline.

– C'est un beau métier, a réagi Charles, très utile, tu auras des patients de tous les âges !

– Moi, je sais juste que je veux travailler dans un bureau, avoir plusieurs téléphones, un très grand fauteuil qui tourne et de la moquette, a annoncé Coline.

– Tu as bien raison, c'est important d'être bien assis, a commenté Charles.

– Moi, a fait Pauline, je veux être accordéoniste et boulangère.

– Je crains qu'il ne faille choisir entre tes deux vocations, ma chérie, a suggéré Charles en riant. Et toi, Lucrèce, que veux-tu faire plus tard ?

– Moi ? Je crois que… Je voudrais… Je ne sais

pas très bien. Je voudrais faire le tour de tous les métiers pour choisir celui qui me plaît le plus.

– En voilà une bonne idée ! s'est exclamé Charles.

On en était là de la discussion quand un bateau à moteur est passé tout près de nous, en déclenchant des remous qui ont envoyé valser la bouteille de jus d'orange. On a failli chavirer, on s'est retrouvés de l'autre côté du bateau.

– Les gens sont inconscients ! a grogné Charles. Parce qu'ils vont plus vite que nous, ces bateaux à moteur se croient tout permis.

Le hors-bord s'est approché de nous encore une fois mais beaucoup plus lentement, comme pour s'excuser de nous avoir fait subir les effets d'une tempête.

– Lulu ! Lulu ! a crié une voix que je connaissais bien.

– Pauline ! a crié à son tour une autre voix, qui m'était familière aussi.

Charles, qui était en train de relever l'ancre, s'est arrêté tout net et s'est approché du bastingage.

–Yvonne ? Scarlett ? Mais qu'est-ce que vous faites là ? Et qui est cet homme ? a demandé Charles en désignant le pilote du bateau.

L'homme a porté la main à sa casquette pour nous saluer.

– C'est Erwan ! a fait Scarlett sans se démonter avec son plus joli sourire. Un marin breton échoué en Normandie pour notre plus grand bonheur, n'est-ce pas, Yvonne ?

– Et comment ! a confirmé Yvonne. Pas de doute, on y prend goût à la vitesse. C'est ennuyeux finalement d'être dépendant du vent. À tout à l'heure, mon chéri !

Et Erwan a relancé le moteur à fond en nous saluant de nouveau.

– Eh bien, a fait remarquer Charles, en quelques heures, Lucrèce, ta grand-mère a fait souffler un vent de jeunesse sur ma chère Yvonne. Et moi, si je veux continuer à lui plaire, j'ai intérêt à arrêter de vieillir ! Encore un petit tour, moussaillons ?

– Oui ! on a applaudi en chœur.

En tirant sur une corde et en en défaisant une autre, la voile s'est instantanément gonflée. Pauline tenait la barre, Coline et Aline profitaient du soleil, et moi, je regardais l'horizon dans les jumelles de Charles.

J'étais en train de vivre la meilleure journée de mon existence. J'ai eu l'impression en regardant la mer que la vie m'était offerte, là, sur un plateau et qu'il m'appartenait d'accomplir mes rêves.

Je n'avais pas seulement navigué, j'avais aussi grandi et je m'étais projetée dans un avenir grand comme la mer.

On a ramené le bateau au port, on a remis nos chaussures, et on est rentrés à la maison.

– Merci, Charles, j'ai dit. J'ai adoré !

– Oui, merci beaucoup ! ont renchéri Aline et Coline.

–Y a pas à dire, a affirmé Pauline, on est bons en tout dans la famille !

– Surtout en modestie ! a rigolé Aline.

Quand on est arrivés, Yvonne et Scarlett discutaient joyeusement devant un thé pour Scarlett et un verre de porto pour Yvonne.

–Tu bois du thé, Scarlett ? je me suis exclamée, très surprise.

– Et toi, du porto, Yvonne ? s'est étonné Charles à son tour.

– Il n'y a pas d'âge pour découvrir de nouvelles sensations, mon chéri, a répondu Yvonne.

– Exactement ! a ajouté Scarlett. C'est finalement assez bon, l'eau chaude !

On était épuisées par la mer, le soleil, les vagues, les émotions. J'avais hâte de tout raconter à maman.

– Dis-moi, Yvonne, a demandé Charles. Comment avez-vous rencontré cet Erwan ?

– Alors, a commencé Scarlett, on a déjeuné sur le port, et figurez-vous qu'il était à une table tout près de la nôtre, seul. Sa casquette était posée à côté de lui, on a tout de suite vu qu'il était marin…

– Et naturellement, l'a interrompue Yvonne, on lui a demandé s'il ne nous emmènerait pas faire un petit tour en mer ! Il avait l'air tellement seul !

– Oui, a repris Scarlett, et comme Gérard, mon fiancé, a le mal de mer, je lui ai suggéré de rester à l'hôtel.

On aurait dit deux jeunes filles qui racontaient leur journée. Scarlett avait l'air d'avoir douze ans, et Yvonne, treize. Il faut croire que la mer a une influence sur l'âge. Moi, j'ai eu l'impression d'avoir mûri, alors que nos deux grand-mères semblaient être redevenues, le temps d'une après-midi, des adolescentes qui font le mur.

La journée s'est terminée en beauté. Olivier m'avait envoyé un message: «*Bonjour Lucrèce, je voulais juste savoir à quelle température tu maintenais le terrarium de Madonna. À bientôt.*»

Je n'ai évidemment pas répondu tout de suite. Je ne voulais pas avoir eu l'air de guetter son message toute la journée. J'ai attendu au moins cinq minutes avant d'écrire: «*Salut Olivier, le plus simple serait que tu viennes le voir en vrai un de ces jours. On présentera Ronaldo à Madonna.*»

Scarlett est entrée dans notre chambre pour me dire qu'elle repartait.

– Tu ne me cacherais pas quelque chose, Lulu? Je trouve que tu as embelli. Tu as ce je-ne-sais-quoi qui me rappelle mes premiers émois.

– Tu parles toujours de toi, Scarlett, je lui ai reproché.

– Mais non, elle a rectifié. Mes émois, pas «et moi»!

– Tu es sûre qu'il n'y avait que de l'eau chaude dans ton thé? j'ai demandé, méfiante.

Elle a éclaté de rire en m'embrassant.

– Soyez prudents sur la route après-demain, Charles, quand vous ramènerez les enfants.

– Ne vous inquiétez pas, a dit Charles au moment de partir. Si je suis plutôt spécialiste de la voile, je maîtrise aussi les engins à moteur.

Quand je suis rentrée à la maison, le surlendemain, je suis montée tout de suite dans ma chambre embrasser Madonna.

– J'ai quelqu'un à te présenter. Il s'appelle Ronaldo. Mais surtout, si par hasard il te plaisait, ne le lui montre pas tout de suite !

Maman a frappé à la porte de ma chambre, elle s'est assise sur mon lit et m'a dit avec les yeux brillants en désignant Patrice, mon ours en peluche, et Oscar, mon cochon en crochet :

– Je me suis bien occupée d'eux ce week-end. Les pauvres, ils vont avoir du mal à comprendre que tu grandis et qu'ils t'intéressent moins.

– Tu pleures ? j'ai demandé.

– Mais non, voyons, j'ai toujours cette allergie, a reniflé maman.

Je me suis pelotonnée dans les bras de maman et je lui ai fait un immense câlin sous l'œil bienveillant de Patrice.

– Je crois que ce câlin est le meilleur remède à mon allergie, a dit maman en m'embrassant. Tu m'as manqué, mon amour.

– Toi aussi, maman !

À ce moment-là, un petit « ding » m'a annoncé que j'avais un nouveau message. En jetant un coup d'œil sur mon téléphone, j'ai cru distinguer le prénom d'Olivier.

Décidément, ce pont du 1er Mai, je l'ai franchi avec bonheur !

Le rêve

J'ai entendu des pas dans l'escalier. On aurait dit que les chaussures de celui qui marchait étaient équipées d'un haut-parleur tellement le bruit était fort, et à mesure que la personne se rapprochait, les pas étaient de plus en plus nets.

J'aurais voulu me lever de mon lit, mais je ne pouvais faire aucun mouvement. La porte de ma chambre s'est ouverte, les pas se sont rapprochés de mon lit. Je n'osais pas ouvrir les yeux. Le danger était imminent. Je n'avais jamais eu aussi peur. J'ai serré Patrice, mon ours en peluche, contre moi, comme s'il avait le pouvoir de me protéger. Et subitement, dans mon rêve, j'ai pris un stylo et j'ai écrit. Plus j'écrivais, plus la créature terrifiante s'éloignait. Et au moment où mon stylo n'a plus eu d'encre, je me suis réveillée et j'ai allumé la lampe.

J'étais en nage. J'ai bu au goulot de la bouteille d'eau qui est toujours sur ma table de nuit, je me suis assise dans mon lit, Patrice, mon ours en peluche, et Oscar, mon cochon en crochet, étaient là où je les pose toujours quand je me couche. J'ai observé toute ma chambre, comme si je cherchais quelque chose d'anormal.

Mon cœur battait vite, très vite.

Madonna dormait tranquillement dans son terrarium, repue, entre un quart de tomate cerise et une feuille de laitue.

J'ai essayé de me rendormir et j'ai dû y arriver parce que mon réveil a sonné tout de suite après.

– Bonjour, Lulu ! Tu as bien dormi ?

Georges était assis dans la cuisine et lisait son journal devant une tasse de thé quand je suis descendue.

– Non, pas très bien. J'ai fait un cauchemar.

– Ah oui ? Ça arrive, tu sais, c'est normal, ça prouve même que ton cerveau fonctionne parfaitement bien.

– Tu es sûr ? j'ai demandé en me remémorant les pas lourds et menaçants dans l'escalier.

– Certain ! a confirmé Georges. Tu veux du lait chaud ou froid avec tes céréales ?

C'est pour ça que j'aime Georges et que je n'imagine pas notre vie sans lui. Il est toujours calme et positif. Rien que le timbre grave de sa voix me rassure immédiatement.

– Je suis en retard ! s'est écriée maman en entrant dans la cuisine, les cheveux mouillés, son manteau sur le dos et sa robe d'avocat sur le bras. Bonjour, mes amours ! Je n'ai pas entendu l'alarme de mon téléphone. Il va pourtant falloir que je sois en forme pour expliquer aux juges que mon client n'a pas fait exprès de cambrioler une banque ! Mais tu en as une drôle de tête, Lulu ! Tout va bien ?

– Oui, j'ai répondu, mais j'ai fait un cauchemar.

– Un cauchemar ? a demandé maman.

J'ai déjà parlé de ce tic qu'elle a : quand elle est prise au dépourvu, elle répète la dernière partie de la phrase.

Georges a posé devant elle le pain tout chaud qu'il venait de faire griller et a rempli sa tasse de café.

– Il faudra que tu me racontes ce cauchemar, mon poussin. À ce soir !

Et maman est partie comme un éclair sans avoir touché à son petit déjeuner.

Georges a repris la lecture de son journal et moi j'ai commencé à oublier mon mauvais rêve.

Au collège, j'étais un peu fatiguée. J'avais du mal à me concentrer. Les deux heures de maths m'ont semblé très longues.

À la récré, je me suis assise sur un banc.

Les Lines sont arrivées immédiatement, suivies de près par Eliott et Augustin.

– Qu'est-ce qui ne va pas, Lulu ? Tu n'as pas l'air en forme, m'a dit gentiment Aline.

– Trop de géométrie, je pense, a expliqué Pauline.

– Oui, moi les rayons, je les préfère autour du soleil, a renchéri Coline.

– J'ai fait un cauchemar, j'ai expliqué.

– Raconte ! ils se sont exclamés en chœur.

– Je ne m'en souviens plus bien, mais j'ai eu peur.

– C'est le principe du cauchemar, a affirmé Eliott.

– Moi aussi j'ai fait un cauchemar, a rigolé Augustin. J'ai rêvé que le prof de maths avait un frère jumeau et qu'on avait deux fois plus d'heures de maths !

Augustin, comme toujours, a réussi à me faire rire.

– T'es loufoque, toi, j'ai dit.

Même si le cauchemar s'éloignait, j'avais comme une boule dans le ventre.

Après la récré, on avait français.

Je me suis assise au premier rang, seule, j'ai sorti mes affaires, et j'ai ouvert mon livre à la bonne page.

– Tout va bien, Lucrèce ? s'est inquiété M. Rimbaud.

– J'ai mal à la tête, monsieur.

– Je préfère que tu ailles à l'infirmerie. Élisabeth va t'accompagner.

Je me suis levée et j'ai suivi Élisabeth sous l'œil préoccupé des Lines.

En général, on aime bien aller à l'infirmerie. Marie, l'infirmière, est très gentille.

– Que t'arrive-t-il, Lucrèce ?

– Rien, j'ai juste mal à la tête.

– J'ai ce qu'il te faut !

Et Marie m'a donné une goutte d'alcool de menthe sur un sucre. C'est magique ! Qu'on ait mal au ventre, au bras ou à la tête, ça guérit tout. Mais je crois que c'est surtout sa voix douce qui fait du bien.

– Tu vas rester un peu avec moi. Assieds-toi là, elle a fait en désignant un gros fauteuil.

Je me suis assise, c'était très confortable et je me suis immédiatement détendue.

– Tu sais pourquoi tu as mal à la tête ?

– Oui. J'ai fait un cauchemar cette nuit et depuis, je me sens fatiguée.

– Tu veux m'en dire plus ?

J'ai raconté mon rêve à l'infirmière. Plus j'avançais dans mon récit, plus les pas s'éloignaient et mieux je me sentais.

– Ça va mieux, j'ai dit. L'alcool de menthe, c'est vraiment prodigieux !

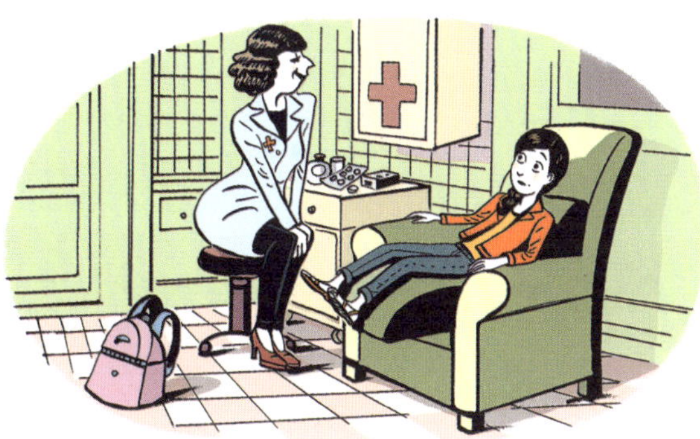

Marie a souri et m'a tendu mon sac à dos.

– Je crois que tout est rentré dans l'ordre ! elle a dit d'une voix gentille. Si ça recommence, parles-en à tes parents.

Je suis retournée en cours. On avait anglais et Mme Ouate ne rigole pas avec les verbes irréguliers. J'avais intérêt à être en forme !

Le soir, à la sortie, Pauline a proposé de m'offrir un pain au chocolat.

– Tu nous as fait peur, Lulu.

– Je te promets que ça va !

Quand je suis arrivée à la maison, Victor branchait sa console.

– Salut ! il s'est exclamé. Tu veux jouer avec moi ?

– À quoi ?

– À dégommer des zombies ! Là, j'ai atteint une planète où ils sont tous plus monstrueux les uns que les autres. Alors, tu veux jouer ?

J'ai eu un frisson et j'ai immédiatement repensé à mon cauchemar.

– C'est gentil, mais là tout de suite, je n'ai pas très envie de voir des zombies s'agiter. Et puis, j'ai des responsabilités, moi, je ne peux pas perdre mon temps.

Et j'ai filé dans ma chambre donner du trèfle à Madonna. C'est vrai ça, elle compte sur moi, ma tortue. J'avais un exercice à faire en géographie. Il fallait commenter une photo. Je m'y suis mise sérieusement, mais ce que je préfère c'est créer, imaginer des personnages qui ne sont pas sur le document, leur inventer des histoires. Papa dit toujours que mon imagination vient de son côté. Et il ajoute qu'on est des artistes, ce qui fait bondir maman.

– Ne parle pas de malheur, elle lui dit à chaque fois. Ce n'est pas l'imagination qui fait bouillir la marmite !

Ce soir, Georges avait une réunion. Il devait rentrer un peu plus tard que d'habitude.

Maman est arrivée juste à l'heure du dîner, Scarlett venait de se servir un verre de porto.

– Alors, a fait ma grand-mère, qu'est-ce qu'on décongèle, ce soir ?

– Pourquoi dis-tu ça, maman ? a fait maman d'un air pincé.

– Parce que quand Georges n'est pas là, on mange des surgelés !

Maman a haussé les épaules, puis elle est partie dans la cuisine. Je l'ai entendue ouvrir le réfrigérateur et les placards. Scarlett m'a fait un clin d'œil en terminant les noix de cajou.

– Je vous aurais bien mitonné un bon petit plat, mais je suis rincée, a soupiré maman en revenant s'effondrer dans le canapé. On n'aurait pas des lasagnes dans le congélateur ?

– Comment ça s'est passé pour ton client qui n'a pas fait exprès de cambrioler la banque ? j'ai demandé.

– Plutôt bien. J'ai inventé toute une histoire. J'ai raconté qu'il allait trop au cinéma, qu'il avait simplement voulu reproduire une scène de film. J'ai ajouté qu'il était fragile et qu'il avait fait ça parce que petit, il rêvait d'être employé de banque !

– C'est formidable, cette imagination ! s'est réjouie Scarlett. Tu tiens ça de ton père.

Heureusement, Georges est arrivé à temps pour améliorer les lasagnes industrielles.

– Demain, c'est vendredi et je vous rappelle que papa et Boubé viennent dîner, j'ai dit.

Maman s'est frappé le front avec sa main.

– J'avais complètement oublié ! On commandera des sushis et j'achèterai un gâteau.

J'adore quand on dîne tous ensemble. Mes deux grand-mères sont très différentes l'une de l'autre et pourtant elles s'apprécient beaucoup. Victor adore papa et Georges supporte Scarlett avec le sourire. Moi, à table je m'assieds toujours entre papa et maman. À l'un je prends la main droite, à l'autre la main gauche, et je suis heureuse.

J'avais peur d'avoir peur de m'endormir mais je n'ai plus du tout repensé à mon cauchemar.

Cette nuit-là j'ai même bien dormi, et le lendemain, en cours de français, je me suis assise au fond avec les Lines.

– On dirait que tu es rétablie, Lucrèce ! a fait M. Rimbaud.

J'aime bien le vendredi soir. Papa et Boubé sont arrivés les premiers et, comme il faisait beau, avec Victor on avait mis la table dans le jardin.

– Bonsoir, ma Lulu, a dit papa en ébouriffant ma tresse, ce qui a le don de m'exaspérer.

– Papa ! jusqu'à quel âge tu vas faire ça ? j'ai

demandé sans pouvoir empêcher ma fossette de se creuser de plaisir. Bonsoir, Boubé !

– Bonsoir, petite fille. Comme tu es jolie ! J'aimerais que ma petite-fille te ressemble.

– J'ai une bonne nouvelle, j'ai fait. Je *suis* ta petite-fille.

– Merveilleux ! s'est écriée Boubé. Comme la vie est bien faite ! Et vous, monsieur, vous avez des enfants ? elle a demandé à papa.

– Oui, maman : je suis le père de ta petite-fille, a répondu papa.

– Formidable ! Si j'avais eu un fils, j'aurais voulu qu'il ait vos yeux.

Scarlett a fait son entrée, perchée sur des talons très hauts qui donnaient l'impression que Boubé était encore plus petite qu'elle ne l'est.

Maman est descendue, suivie de Georges.

– Tu es de plus en plus jolie, a fait remarquer papa.

– Oui, je lui réussis, a souri Georges.

Maman avait commandé un gigantesque plateau de sushis qui étaient présentés sur un plat en forme de bateau.

– Hannah, j'ai pensé que des sushis de carpe vous feraient plaisir, a dit maman en s'adressant à Boubé.

– Comme c'est gentil ! La carpe est le meilleur poisson du monde. Mais il faut savoir l'accommoder. Vous auriez un peu de sucre ?

– Ce que j'aime dans les sushis, a ajouté Scarlett, c'est l'alcool de riz qu'on boit avec.

Je regardais tout le monde, tout mon monde, je les écoutais, et je me disais que j'avais vraiment de la chance d'appartenir à cette famille-là.

– J'ai quelque chose à vous dire, j'ai annoncé.

– On t'écoute, mon poussin ! a fait maman.

– Hier, j'ai fait un cauchemar. J'ai rêvé qu'il y avait des pas dans l'escalier et que j'étais en danger. Et puis j'ai commencé à écrire et le danger s'est éloigné. Quand je me suis réveillée, j'ai été soulagée que ce ne soit qu'un rêve. Je crois que je n'avais jamais eu aussi peur de ma vie.

– Il ne faut plus avoir peur, mon trrrésorrr, le danger est passé, a fait Boubé, mystérieuse. Nous sommes tous là, avec toi.

– Oui, je sais, et je vous aime tous. Je suis très heureuse d'avoir de l'imagination. Je ne sais pas très bien de qui je tiens ça, de toi papa, et de toi aussi maman. Ce que je voulais vous dire, c'est que plus tard, je sais ce que je veux faire comme métier.

Ils étaient tous suspendus à mes lèvres. Scarlett en a même oublié de finir son saké.

J'ai laissé planer le mystère quelques secondes.

– Plus tard, je veux inventer des histoires, parce qu'écrire et imaginer, ça fait reculer les cauchemars.

– Mais ce n'est pas un métier ! s'est exclamée maman.

– C'est pourtant exactement ce que tu fais quand tu défends tes clients ! j'ai rétorqué.

– Tu as bien raison de vouloir faire ce métier. Si j'avais eu un fils et s'il m'avait donné une petite-fille, j'aurais voulu qu'elle soit ta copie conforme ! a dit Boubé avec son accent inimitable, en sucrant son sushi.

Papa a recommencé à ébouriffer ma tresse. Il fait ça quand il est ému. Scarlett s'est resservi de l'alcool de riz, Georges a embrassé maman et Victor est allé chercher le gâteau.

Ils sont loufoques dans ma famille, et si un jour j'écris des histoires, je n'aurai pas à aller chercher très loin mon inspiration !

Table

Retrouvez Lucrèce
dans de nouvelles aventures

Le monde de Lucrèce

Volume 6

Extrait

« Chaque année c'est la même chose. Je suis à la fois heureuse d'être en vacances et incroyablement triste de quitter l'école et mes amis. Mais cette fois, il y a quand même un sacré changement, car ce n'est pas l'école que je quitte mais le collège.

– Les enfants, nous a demandé M. Rimbaud hier, pour demain, vous préférez qu'on visionne un DVD ou qu'on fasse des jeux ?

– Des jeux de quoi ? a fait Eliott.

– Nous pourrions faire un jeu de lettres, a suggéré le prof de français. On pioche des lettres de l'alphabet, et on forme des mots. Celui qui réussit à placer toutes ses lettres gagne la partie.

– Ah oui, je connais ! s'est écrié Augustin, ma grand-mère y joue avec ses copines le dimanche après-midi.

M. Rimbaud a fait une drôle de tête.

– Que diriez-vous d'une initiation au jeu d'échecs ? il a proposé.

– Je n'ai pas besoin de cours, a dit Joseph, sous l'œil admiratif de Rose, je fais des championnats tous les week-ends.

– Moi, je veux bien voir un film, j'ai suggéré.

Tout le monde m'a applaudie. Je sentais que mon visage était chaud comme quand je suis émue.

– Parfait, a approuvé M. Rimbaud. Vous allez proposer des titres de films, et moi, je vais essayer de me procurer le DVD.

– Ça compte dans la moyenne ? s'est inquiété Eliott.

Tout le monde a rigolé parce qu'Eliott ne se sera soucié de sa moyenne qu'à la fin de l'année.

Chacun a proposé un film différent et personne ne levait le doigt.

– Bon, je crois que je vais choisir pour vous, a annoncé M. Rimbaud. Je pense à un excellent documentaire sur les enfants qui doivent faire des kilomètres à pied pour se rendre à l'école, qu'en dites-vous ?

– Sinon, c'était quoi les jeux que vous proposiez ? a demandé Mathis.

Finalement, le prof de français nous a dit qu'on avait juste besoin de feuilles et d'un stylo.

– C'est une dictée ? s'est renseigné Eliott.

– Mais non, Eliott, je ne vais pas vous faire faire une dictée le jour des grandes vacances !

Je vous propose un cadavre exquis ! Vous connaissez le principe ?

– C'est un jeu où il faut trouver le meurtrier ? a suggéré Augustin. »

À paraître en 2021

Anne Goscinny

Le Bureau des solitudes, roman, Grasset, 2002

Le Voleur de mère, roman, Grasset, 2004

Le Père éternel, roman, Grasset, 2006

Le Banc des soupirs, roman, Grasset, 2011

Le Bruit des clefs, récit, Nil, 2012

Le Sommeil le plus doux, roman, Grasset, 2016

Sous tes baisers, roman, Grasset, 2017

Le Monde de Lucrèce, volumes 1 à 5, Gallimard Jeunesse, 2018-2020

Catel

POUR LA JEUNESSE

Top linotte, Fleurus Presse et Dupuis, 2008-2018

Marion & Cie, avec Fanny Joly, Bayard Presse et Gallimard Jeunesse, 2000-2018

L'Encyclo des filles, avec Sonia Feertchack, Gründ, 2001-2017

Le Monde de Lucrèce, volumes 1 à 5, Gallimard Jeunesse, 2018-2020

POUR LES ADULTES

Kiki de Montparnasse, avec José-Louis Bocquet, Casterman, 2007

Olympe de Gouges, avec José-Louis Bocquet, Casterman, 2012

Quatuor, avec José-Louis Bocquet, Thierry Bellefroid, Jacques Gamblin et Pascal Quignard, Casterman, 2010

Ainsi soit Benoîte Groult, Grasset, 2013

Adieu Kharkov, avec Mylène Demongeot et Claire Bouilhac, Aire Libre, 2015

Joséphine Baker, avec José-Louis Bocquet, Casterman, 2016

La Princesse de Clèves, de Madame de La Fayette, avec Claire Bouilhac, Dargaud, 2018

Le Roman des Goscinny, Grasset, 2019

PEFC
PEFC/14-38-00260
Certifié PEFC
Ce produit est issu de forêts gérées durablement et de sources contrôlées
www.pefc-france.org

Mise en page : Françoise Pham

Loi n° 49-956 du 16 juillet 1949
sur les publications destinées à la jeunesse
ISBN 978-2-07-513683-9
N° d'édition : 597374
1er dépôt légal : août 2020
Dépôt légal : février 2023
Imprimé en Espagne par Edelvives
Le papier de cet ouvrage est composé de fibres naturelles, renouvelables, recyclables, et fabriquées à partir de bois provenant de forêts gérées durablement.